中国散文 60 强

我不是徐霞客

邱华栋 / 著

北京联合出版公司
Beijing United Publishing Co.,Ltd.

图书在版编目（CIP）数据

我不是徐霞客 / 邱华栋著. -- 北京：北京联合出
版公司，2024. 8. --（中国散文60强）. -- ISBN 978
-7-5596-7801-0

Ⅰ. I267

中国国家版本馆CIP数据核字第2024AR4896号

我不是徐霞客

作　　者：邱华栋
出 品 人：赵红仕
出版监制：张晓冬
责任编辑：李　伟
特约编辑：和庚方　张　颖
封面设计：立丰天

北京联合出版公司出版
（北京市西城区德外大街83号楼9层　100088）
三河市同力彩印有限公司印刷　新华书店经销
字数150千字　650毫米×920毫米　1/16　14印张
2024年8月第1版　2024年8月第1次印刷
ISBN 978-7-5596-7801-0
定价：65.00元

中华散文的文脉与发展

——"中国散文 60 强"总序

邱华栋

中国是诗的国度，亦是散文的国度。

穿越千年时空，从明清至唐宋，再由魏晋南北朝至两汉先秦一路回溯，汉语言文学中的散文实乃根深叶茂，硕果累累。无论是"唐宋八大家"之雄文美文，还是骈俪多姿的辞赋，以及名垂史册的《史记》《左传》，均为中国文学史上的璀璨明珠。"散文"与"诗"一道，成为中国文学的"嫡系"。尽管，后来从西方引进嫁接技术所催生的"小说"，大有"喧宾夺主"之势，终究还得"认祖归宗"，血脉和基因是无法改变的。

在中国散文流变历程中，曾出现过两次鼎盛期。一次是被文学史家所公认的"先秦散文"时期。其时，伴随着春秋时期的思想解放，诸子蜂起，百家争鸣，一大批散文家以饱满的气血、驳杂的学识和破茧的精神，创造出了散文的繁荣和辉煌局面，对后世产生了极大的影响。

到了"五四"时期，中国散文迎来了第二次鼎盛期。白话文如劲风激浪，吹刮和涤荡着神州大地。沉睡的雄狮醒来了，偃卧的小草开始歌唱。许多学贯中西的进步文人，肩扛文化变革的大纛，冲锋陷阵，掀起了一波又一波的新文学浪潮。《新青年》上刊载的散文，犹如一束束亮光，不但给人以希望，还给人以力量。"五四"以来的散文作品，无论是观念和主题，还是形式和风格，都跟以往的散文迥然不同。最具代表性的，当属鲁迅先生的散文（包括杂文），其刚健、凌厉的文质，疗救了中国散文长久以来颓靡不振、钙质疏流的顽疾。此外，周作人、郁达夫、朱自清、萧红、沈从文等一大批作家的散文创作亦各具特色，呈一时之盛，影响深远。

时代的前行催生了文学的发展，然而文学与时代有时并不同步甚至充满了"张力场"。"五四"的个性解放虽然催生了一批个性鲜明的散文精品，但这样的生态并未持续多久，中国散文的波峰出现了向低谷滑行的趋势。有论者指出，"散文在50年代既是对解放区散文文体意识的放大，又是对五四散文文体精神的进一步偏离。这种放大和偏离表现在个体性情的抒发让位于时代共性或者时代精神的谱写，政治标准优先于艺术标准，批判性为歌颂性所取代等诸方面。"（董健、丁帆、王彬彬《中国当代文学史新稿》）1960年代初，散文创作一度出现了活跃，"专业"从事散文创作的作家群凸显出来，刘白羽、杨朔、秦牧相继登场，迅速成为散文界的三位名家。但他们的作品后人评价褒贬不一，认为其中颂歌式的写法较为单向，这种模式化的写作，不但对散文的建设毫无益处，反而扼杀了散文的个性和神采。

"文革"十年，中国散文更是一片凋零和荒芜，乏善可陈。1970年代末，一些历经浩劫的作家开始复血，解除思想枷锁，重新拿起笔来写作，中国散文才又凤凰涅槃，焕发生机。加之各种文学刊物纷纷复刊和创刊，以及大量西方文化读物的译介出版，更为这些饥渴、桎梏太久的散文作者提供了登台亮相的舞台和瞭望世界的窗口。

1980年代初期，伴随改革开放的热潮，思想解放大旗招展，文化随之繁荣，诸多承续"五四"精神的作家以笔为旗，抒发胸中压抑既久之块垒，出现了一批抒情性质浓郁的散文，使得现代散文这块"百花园"芳菲争艳，蔚为大观。特别是1980年代中期，随着作家主体意识的不断强化，中国文学开始呈现出一个崭新局面，作家从"集体意识"中抽身而出，重新返回"个体"，注重对生活的体察和内在情感的表达。这一时期，散文的艺术性得以强化，文本的精神内涵和表现空间得以拓展。

进入 1990 年代，社会发展日新月异，城镇化进程锐不可当，文化领域亦呈多元格局。各种文学思潮相互碰撞，人文精神的讨论更是打开了作家们的创作思路。"大散文"概念的提出，引发了散文界对散文的内涵和外延的重新讨论和界定。风靡一时的"文化散文"热，成为文坛上一道靓丽的风景。"新散文""原散文""后散文""在场散文"等散文流派"你方唱罢我登场"，争奇斗艳，各领风骚。

及至二十世纪末，一批深具先锋意识和文体自觉的新锐作家，像一头公牛闯入瓷器店，使散文天地发生了激烈的碰撞和变化，形成一股新的散文潮流，提升了散文的审美品质和精神向度。

纵观 1978 年至 2023 年四十多年来，中华大地在"改开"的黄金时代中，社会生活奔涌激荡，各种思潮风起云涌，散文创作更是云蒸霞蔚、气象万千，涌现了众多成就斐然、风格各异的散文作家和具有思想深度、艺术上乘的散文作品。岁月的流水冲走了枯枝败叶和闲花野草，中流砥柱却巍然屹立。时间留住了新时代的散文经典，经典在时间的长河中绽放光芒。以沙里淘金的经典散文向"改开"的时代致敬，是我们不可推卸的责任和义务。

别看散文的门槛貌似很低，要真正写好，却实属不易。优质散文是有难度的写作，它不但需要作者的智识、胸襟、眼界、修养和气度格局；更需要写作者的态度、立场、慈悲、良知和批判勇气。遗憾的是，散文创作繁荣和光鲜的另一面，却是大量平庸甚至低劣之作的泛滥，不但败坏了读者的胃口，而且造成了物质和精神的极大浪费。散文作家层出不穷，散文作品汗牛充栋，可真正能让人记住的散文佳构却凤毛麟角。

散文要发展，文学要前行。发展和前行就要从平庸的樊篱中突围。在突围的过程中，散文作家不可太"聪明"，不可太世故，要永存对文学的敬畏之心。一言以蔽之，散文的尊严来自散文作家的尊严。也可以说，要想散文繁荣，首先需要有一批人格健全，品德高尚，铁肩担道义的散文作家。什么样的人写什么样的文章。特别是写散文，最容易看出一个作家的内在品质和境界涵养。一个人格不健全的人，哪怕他作文的技法再高妙，也很难写出撼人心魄、抚慰灵魂的散文来。作家精神品质的高低，直接决定其作品的精神向度。

为了散文写作的突围和发展，为了建设独具特质的当代散文，也是为了更好地从经典散文中汲取营养，我认为有必要正视和重申一些常识性的思考。高头讲章的理论是灰色的，常识之树却葳蕤常青。

一、作家的个体精神决定散文的优劣。常言道，散文易学而难攻。难在什么地方，不是难在技巧，而是难在作家个体精神的淬炼上。倘若作家的个体精神不够丰富，不够深刻，不够清澈，纵使他手里握着一支生花妙笔，也写不出令人称赞的散文。那么，如何才能做到个体精神的丰富性呢，这就要求作家时时刻刻不背离生活，要知人情冷暖，体察人间百态，关心民瘼，有忧患意识，不要做生存的旁观者。一个冷漠甚至冷酷的人，是不适合从事散文创作的。

二、真诚是确保散文品质的基石。散文创作跟作家的生存经验息息相关，可以说，真正优质的散文，无不牵连着作家的血肉和心性。作家的喜怒哀乐，悲欢离合，都或隐或显地暗含在他的作品中。假如在一篇散文作品中，读者既看不到作者的体温，又看不到作者的态度，那这篇作品或许就是失败的。说明这个作者在他的作品中“说谎”或“造假”，缺乏真诚之心。作家一旦失去真诚，为文必定矫揉造作，作品也必定会失去生命力。因此，真诚是散文的“生命线”，也是“底线”。

三、个性是促进散文生长的养料。人无个性便无趣，文无个性便平质。当下，每年都会诞生数以万计的散文篇章，但能够让人记住，且读后还想读的作品并不多，何故？概在于这些数量庞大的散文，无论题材，还是语感都千篇一律，像是从“模具”中生产出来的，缺乏辨识度。散文要发展，必须要求作家具有“个性意识”。“个性意识”不是标新立异，更不是哗众取宠，而是一种“创新意识”和“审美意识”。但凡在散文创作方面被公认的那些大家，都是“文体家”，他们以自觉的写作实践，开创了散文写作的新路径。不合流俗方能独步致远，推动散文的建设和繁荣。

当然，以上几点并非创作散文的圭臬，谁也没有资格去为散文“立法”。

散文是自由的创造，散文精神即自由精神。我之所以提出来，仅仅是希望引起散文同行们的重视和参考，共同为中国当代散文的发展尽力增光。

我们策划、编选"中国散文60强"（1978—2023）的初衷，旨在对新时期以来的中国散文创作作出梳理、评价和选择，试图精选出风格各异的代表性散文作家，以每位一部单行本的形式，呈现出中国新时期优质散文的大体样貌。此项目的发起人为资深出版人张明先生。多年来，他一直追求做高品位的纯文学书籍，也曾连续多年与中国散文学会、中国小说学会合作，出版年度《中国散文排行榜》和年度《中国小说排行榜》。2023年他策划出版了《中国小说100强》，反响不俗。身处喧嚣、纷杂的环境，能以如此情怀和心力来为文学做如此浩大的工程，不能不令人钦佩！

感谢张明先生邀请我和叶梅、冯秋子、陆春祥、吴佳骏、张英、文欢组成编委会，共同遴选出60位作家。我们在召开筹备会的时候，即将作品的思想性、艺术性、代表性以及影响力作为编选的基本原则。在确定入选作家名单时，我们认真商讨，反复研究，生怕因为各自的眼力、审美和趣味之别，造成遗珠之憾。好在我们的工作得到了作家们的积极回应和鼎力支持，惠风和畅，大地丰饶。

60位入选的作家，既有令人尊敬的文学大家，如孙犁、张中行、汪曾祺、史铁生、邵燕祥、流沙河、刘烨园、宗璞、贾平凹、韩少功、张炜、梁晓声、阿来、冯骥才等。这批散文大家的作品，文风质朴、清朗、刚健，充满了"智性"和"诗性"。无论他们是写怀人之作，还是针砭时弊，歌咏风物，都有着鲜明的文化立场和审美取向。他们或出入历史，借古观今；或提炼人生，洞明世事，输送给读者的都是难能可贵的"精神营养"。

也有被散文界公认的名家，如李敬泽、王充闾、马丽华、周涛、冯秋子、叶梅、筱敏、张锐锋、周晓枫、于坚、鲍尔吉·原野等。这些作家的散文作品，特色鲜明，风格独特，诚挚内敛，从内容到形式，都作出了各自的探索和尝试，为当代散文注入了活力。从他们的作品中，我们不但能够领略汉语之美，更可以借此反观生活与存在，寻找人之为人的价值和尊严。

还有散文界的中坚力量和青年才俊，如彭程、谢宗玉、江子、雷平阳、任林举、塞壬、沈念、傅菲、吴佳骏、周华诚等。从他们的作品中，我们见到的，不只是中国散文的文脉传承，更是自由精神的张扬。他们文心雅正，笔力锋锐，不跟风，不盲从，始终保持着独立的思索和判断，在各自所开辟的散文园地中精耕细作，以崭新的姿态参与和推动当代散文的变革。

其实，细心的读者不难发现，入选本丛书的老、中、青三代作家都有个共性，即他们均在以自己的作品审视心灵，心系苍生，弘扬真善美，鞭挞假恶丑，充满了正义感和人道主义精神。这自然与时下众多书写风花雪月，一己悲欢，充塞小情趣、小可爱的散文区别开来。正是因为有他们的存在，中国当代散文才呈现出一幅绚丽多姿的长卷。

需要说明的是，有些重要的散文家，如张承志、余秋雨、王小波、苇岸、刘亮程、李娟等人，由于版权或其他不可抗原因，未能将他们的作品收录进来，我们深以为憾。

我们还要感谢北京立丰天文化传播有限公司的资金支持，感谢北京联合出版公司的精心编校，他们慷慨和无私的义举，对于繁荣中国当代散文创作、对于赓续中华优秀散文文脉、对于中国新时期的文化积累，均具重大价值和意义，可谓善莫大焉。这套丛书的出版意义将同《中国小说100强》一样，旨在给读者以经典的指引，这既是一项重要的原创文学工程，同时也是助力推动全民阅读和研究传播文化的公益工程。

郁郁乎文哉，中国散文有幸！

是为序。

2024 年 5 月 12 日星期日

（作者为全国政协常委，中国作协副主席、书记处书记）

目　录
Contents

第一辑

第二辑

第三辑

第一辑

走马鄂托克前旗

　　参加完在鄂尔多斯举办的中国生态文学论坛的开幕式，下午，我出发前往鄂托克前旗，去那里和一些作家会合。路上需要几个小时的时间，可以饱览沙漠戈壁风光。20多年前，我曾坐车从鄂尔多斯一路南下，经过榆林地区、延安地区最后到达西安，沿途地貌比较荒凉，绿色植被稀少，黄褐色是主基调。我记得当时走到铜川的时候，看到茂密的树林，心情才松弛下来。

　　这一天，太阳光白花花地照射下来。我一边和鄂尔多斯文联的冯主席聊天，一边注意沿途的景象。出了鄂尔多斯市区，沿着高速先向西行，走了很长的一段高速路，我满眼看到的都是绿色的植被，十分养眼。显然，生态环境保护观念已经深入人心。鄂尔多斯全市是一片隆起的高原，这片高原就叫作"鄂尔多斯高原"，刚好被黄河几字湾围在里面。鄂尔多斯的北面是库布齐沙漠，南边是毛乌素沙漠，中间的高原地貌是亘古的沙地戈壁。

　　就是在这样的地理地貌中，鄂尔多斯人顽强地生活着，寻找着与大自然和谐共生的方式。这片土地的神奇之处还在于，地下所埋藏的煤炭和油气资源十分丰富，因而，鄂尔多斯是拥有宝藏的地方，这也是鄂尔多斯走向富裕的一个原因。

我们的车子往西走，几个小时的路程，长天过大云的景象在眼前陪伴。也许是近年降水增多，环保意识增强，一些沙地上的绿色植被确实增多了。走到鄂托克旗附近向南行驶，又走了一个多小时，就抵达了鄂托克前旗。此时天高云淡，天色正好。傍晚的余晖洒在这座安静的小城，成排的杨树将一些小区建筑围拢起来。

我和一些作家会合，他们正在这里采风采访，刚从一个现代化的风电基地和石油基地返回酒店。

第二天一早，作为客人，我们受邀参加鄂尔多斯市第四届农牧民健身运动会和鄂托克前旗 2023 年农民丰收节暨那达慕大会的开幕式。

在会场的进入大厅处，我看到室内有鄂托克前旗的农牧民在展示他们的农产品、手工艺品和地方特色产品，有的展位上热气腾腾的，香气扑鼻，原来是展位上的火锅里正炖着羊肉，参观的人可以拿着牙签去挑选一块尝尝。还有各种各样的奶制品，都可以尝尝。在室外，也有农业成果、特色美食和农资农具的展示区。

鄂尔多斯农牧民健身运动会和鄂托克前旗农民丰收节暨那达慕大会，是一场盛会。因受疫情的影响，有几年的时间没有好好举办了。我坐在高高的看台上，感受到阳光强烈，很多人戴着遮阳帽。可以看到眼前是一个赛马场般的运动场。主持人宣布开始，来自不同地区、不同单位的一个个方队围绕着椭圆形的运动场跑道，陆续进场。在各个方阵的最后，是大型农用机械阵列轰隆隆地开过来，还有马队在骑手的驾驭下，一列列走过来。

全场气氛十分热烈，大家志气昂扬，精神振奋，体态强健，口号连连。入场之后，在前场演出一些准备好的节目。有舞蹈、百人腰鼓、群声快板、歌曲演唱、情景讲述等节目，百人群舞和百人马头琴演奏使整个开幕式渐渐趋向高潮。最后，是马术表演，只见一个个骑手骑着跑马和走马，从看台前飞驰而过，并在马背上表演各种马术动作。这的确是激动人心的时刻，因为马和人的关系千百年来在这片土地上都是最为深刻的人与动物、人与草原的最重要的关系。

一个多小时的开幕式之后，比赛项目开始进行，真的是琳琅满目：马铃薯比赛、辣椒比赛、西瓜比赛、萨福克杂交羊羔比赛、杜泊杂交羊羔比赛、蒙古羊羊羔比赛和白绒山羊羊羔比赛，还有成年的种公羊比赛，以及一些游戏活动，如搬西瓜、挑担子、夹西红柿、针线串联辣椒、蒙古马选美、赛马和挑水接力、蒙古包组装、国际象棋和射箭比赛等等。我们穿梭其间，感受到参与者的由衷的快乐。

这一天的下午，还有博克团体赛，也就是蒙古式摔跤比赛，以及弹弓、指羊猜体重、碰碰球、快乐插秧和赛马比赛等。走在任何一个赛场和体育游戏场，都能听到笑声，都能看到人们欢快的表情浮现在脸庞上。受到人们的豪迈爽朗情绪的感染，我就想，任何有心理疾病和抑郁症的人，假如能来到内蒙古的高天阔地上行走一番，就会减轻症状。

第三天，我们去参访了鄂托克前旗的一些红色文化纪念地。如王震井纪念园、延安民族学院城川纪念馆、红色国际秘密交通站陈列馆、阳早寒春三边牧场陈列馆等。

阳早和寒春是一对美国白人夫妇，阳早英文名为欧文·恩格斯特，他毕业于康奈尔大学，受到中国革命的感召和《西行漫记》的影响，1946 年 2 月来华，8 月到达延安，从事农具设计和畜牧业技术改造工作。1948 年，阳早与从美国前来的、芝加哥大学核子物理研究所的寒春女士一起，到陕西北部的三边牧场指导当地农牧民养奶牛。寒春英文名为琼·辛顿，她是阳早在美国结识的女友。她的哥哥韩丁是阳早在康奈尔大学的同学。1949年，阳早和寒春两人在延安结婚。自此，这对美国白人夫妇先后在三边农场、西安草滩农场、北京中国电影发行公司、北京红星农场、机械农业部工作，2003年12月阳早在北京去世。

寒春是一位美国核物理学家，曾参加过曼哈顿计划。由于她的哥哥韩丁与阳早是康奈尔大学的同学和好友，韩丁早几年就来到中国，显然，寒春受到了哥哥韩丁的影响，在冷战氛围越来越严重的情况之下，毅然来到了中国。在美国，寒春当时是科学家费米的助手，费米曾于1938年获得诺贝尔物理学奖。

寒春在科研方面很有前途，她接到阳早的邀请信，内心里十分激动，思考再三，1948年她离开美国，当时，她的同学有一位很有名，就是杨振宁。她来到中国，说自己的选择是"一个梦想的破灭和另一个信仰的开始"。从此，她就成为了一个生活在中国的人，一直到2010年6月，89岁的寒春在北京协和医院去世。

寒春的哥哥韩丁，写过一本很有名的书《翻身：中国一个村庄的革命纪实》，这是韩丁于1947年在晋冀鲁豫解放区北方大学担任英语教员，1948年作为土改工作队的观察员，参加了山西潞城县张庄的土改运动，所写下的非虚构作品，1980年北京出版社翻译出版。

正是韩丁对阳早和寒春的影响，使得阳早和寒春先后来到中国，并和中国结下了一生的情缘。他们的人生经历和故事非常丰富，养奶牛、办科学畜牧场、发明制造农用机械等，为走向现代化的中国贡献了自己的力量。这是一对浑身洋溢着理想主义和奉献精神的美国夫妇，也非常有魅力。

在阳早和寒春纪念馆里，播放了一段他们年迈之后又来到三边农场，和当年的牧民老朋友见面的纪录片。身穿蓝色中式服装的阳早和寒春，骑马奔驰在鄂托克前旗的草原上，下马喝迎宾酒，坐下来打着拍子，听欢迎远方客人与老朋友的祝福歌，脸上有泪水，也有笑容。几十年过去了，这一对美国夫妇变成了老人，可他们依旧保持着真诚与热情，还有童心，这体现在他们欢呼着从一处沙丘上奔跑着滑下去玩沙子的那种乐趣。这种镜头非常动人，我看到，那种深厚的、和中国土地与身边人的感情，也体现在寒春和老朋友、一位蒙古族女性的见面拥抱上。那位已经变为奶奶的蒙古族额吉，脸上的表情，是亲切中夹杂着深切的怜惜，是时间的流逝在两个女人的内心和面孔的痕迹。

阳早和寒春的人生故事确实是一部很好的电影题材，值得改编成一部很好的传记片。在他们的人生故事当中，是大时代下个体生命的抉择，这个抉择和人生的价值与追求有关，不断启迪着未来的人们。

阳早和寒春去世之后，他们的孩子遵照父母生前的遗愿，把他们的骨灰撒在了陕北延安到鄂托克前旗这片他们曾经生活过的几个地方。

我到鄂托克前旗的唐朝城垣宥城遗址实地探访的时候，看到在夯土城墙的外围，有一处长着一人高的蒿草掩映着的一块黑色石碑上，刻着寒春骨灰撒埋之处的字样。寒春和阳早终究留在了这片他们眷恋和生活过的地方。

宥城遗址是一座长方形的城垣遗址。在鄂托克前旗的大地之上，有至少5处以上这样的唐代或更早期的城垣遗址。根据一些历史学家和考古学家的研究推断，这些城垣遗址，大多是唐代六胡州的城垣遗址。这些城垣遗址大部分只剩下夯土城墙的基础和一点残垣断壁，在时间和岁月侵蚀之下，埋没于萋萋荒草之中。

六胡州是大唐初年，唐朝中央政府为了安置归附大唐的一些少数民族部落而设置的六个羁縻州的总称。公元629年冬天，唐太宗派遣大将李靖、秦叔宝、尉迟恭、程咬金等率部，兵分六路，攻破东突厥的王庭所在地山西定襄。在平定东突厥之后，唐太宗采取羁縻统治的政策，在现在的内蒙古、陕西和宁夏交界之地，设置了丽、塞、含、依、契、鲁等六个州，安置了归附大唐的十多万突厥等少数民族部众。这就是六胡州的由来。

六胡州中除了突厥人，还有一些是生活在中亚地区，现今的乌兹别克斯坦一带，很擅长到大唐中土做生意的粟特人。他们是中国汉唐时代在丝绸之路上最为活跃的一批人，唐朝将这批人统称为昭武九姓。现在的安姓、曹姓、米姓、史姓、石姓和康姓等一些姓氏的来源，有的就是昭武九姓，往往有粟特人的血统。

我们在宥城城垣遗址上走了一阵子。天空之下，但见这座长方形的城垣遗址边，间或有一只被我们惊动的鸟雀，尖叫一声，忽然蹿跃上天空。一千多年以前，这里混居着多个民族，都在这里生活。宥城，这个地名含有宽宥的意思，还有一种解读，始建于公元 721 年左右，那是在唐开元九年，胡人康待宾起义谋反之后被大唐镇压，唐朝将参加起义的康待宾的部众流放到江淮汉地。这些人都是游牧民族，在江淮水乡农耕之地生活，很不习惯，后来就很希望回到故乡，也就是现在的鄂托克前旗这片土地上。他们不断提出请求，唐开元二十六年，大唐宰相牛仙客受命在此处设立宥州，将那些当年跟随康待宾叛乱的子民部众从江淮地区迁回这里，显示了唐朝的宽宥之情，因此，这里被命名为宥州。

我目测眼前的宥州古城城垣遗址，南北城垣遗存约 800 米左右，东西宽约 500 米。根据唐朝的城垣建制，还可以寻访到瓮城、角楼、城门和马面等城建遗迹。据当地的朋友说，这里出土了很多古代钱币，从汉代到清代的钱币都有遗存，其中唐朝的钱币最多，大多为开元通宝等。

唐代诗人李益，在唐代夏州，今天的陕西榆林横山区，距离我们所在之地城川镇很近的地方，于公元 781 年，写下一首《登夏州城观送行人赋得六州胡儿歌》：

> 六州胡儿六蕃语，十岁骑羊逐沙鼠。
> 沙头牧马孤雁飞，汉军游骑貂锦衣。
> 云中征戍三千里，今日征行何岁归？
> 无定河边数株柳，共送行人一杯酒。
> 胡儿起作和蕃歌，齐唱呜呜尽垂手。
> 心知旧国西州远，西向胡天望乡久。
> 回身忽作异方声，一声回尽征人首。
> 蕃音虏曲一难分，似说边情向塞云。
> 故国关山无限路，风沙满眼堪断魂。
> 不见天边青作冢，古来愁杀汉昭君。

短短三天，在鄂托克前旗，从当代生活中的新能源太阳能、风电光电、煤炭开采和化工油气开采开发的现代企业，到健康活泼的农民运动会以及丰收节和那达慕大会，再到红色文化符号以及大唐的六胡州遗址，特别是对宥州古城遗址的寻访，我们穿越了历史长河与当下现实交汇的鄂托克前旗。一个有着独特文化和历史记忆，又有着光明前景和未来的鄂托克前旗，在时空中不断演进。

汨罗江边思屈原

今年6月下旬的端午节前夕，接到了湖南方面的邀请，前往岳阳的汨罗市，参加纪念屈原逝世2300年的系列文化活动。我乘坐的飞机从首都机场起飞，航程一开始十分顺利，也无任何颠簸。我望向舷窗外，万里无云，万米高空之下，大地的斑斓徐徐展开。本以为航程即将结束，可飞到武汉上空，空姐忽然播报说，因长沙上空雷雨天气，飞机要立即备降到武汉机场。

降落在武汉之后，我发现机场周边也是晴空万里太阳照，并无一点雷雨的迹象。难道几百公里外的长沙，就是雷雨阵阵闪电条条？有些纳闷。在飞机停在武汉机场的几个小时时间里，有些不耐烦的有急事的就下飞机去赶高铁了。而也想下飞机但有托运行李的旅客则被劝阻，因他下机会导致飞机上所有的行李被拿下来重新检查一遍，耽误所有人行程。我就不明白这个世界上怎么急性子这么多，安心等待就好了。

果然，4个小时之后，飞机起飞，飞往长沙。降落之后，确实看到机场附近有很多的雨水痕迹。但天空已经是多云的状态。

和我同车前往汨罗的，还有一位宾客也是去参加汨罗的系列活动的，他是屈原研究专家、北京语言大学的方铭教授，他也是中国屈原学会的会长，竟然和我同机抵达长沙，我也没有注意到他。他身形高大，双目炯炯，原籍陕西，研究屈原有40年了。一路上言谈甚欢，因我们谈到了武汉大学章黄学派等很多中文系老先生的书与事。

我也注意到去汨罗的路上，不时可见有雨云飘过来，下下来一阵子雨。看来，这个时节，天空和大地都在纪念屈原。

傍晚6点多我们抵达汨罗，也没有吃饭，直接去活动现场。我看到，汨罗江边人山人海，很多人在到处走动。我们抵达江边的一处搭建的舞台，从人群中穿过去，坐在前面。观众有两千人的样子，我还见到了湖南省委宣传部来的几位。

晚7点，在这里上演舞台剧《九歌》。大幕拉开，演出开始，观众安静下来。《九歌》辉煌的布景和演员华美的服饰让人眼前一亮。舞台剧演绎的是屈原的生平，他的生与死，他的歌与哭，他的文与辞，他的命与运。这出舞台剧一个多小时的时长，灯光舞台特效十分绚丽华美，戏剧结构清晰，最后，屈原在一阵耀眼夺目的光芒中大喊：我要追随太阳而去了！我要追随太阳而去了！屈原他仰天长啸，他追光而去，在光芒里消失了。这样的剧情处理，使得屈原的人生理想之光被强调和放大出来。

演出结束，观众散去，我和几个当地的文友会合，去吃夜宵。因没吃晚饭，早已饥肠辘辘，席间说起来，才知道每年这个季节，在从长沙到岳阳汨罗这个区域，都会下端午雨，仿佛这个季节天下雨就是为了纪念屈原。去年，也有一位作协的诗人前来参加活动，途中备降到武汉，他是到晚上才搭乘高铁抵达汨罗，比我的行程要艰难多了。

席间聊起来，文友告诉我，过去，一些官员觉得屈原是一位自杀者，又是一个官场失意的人，虽然是一位大诗人，但却并不好开展一些大规模的纪念活动。但21世纪以来，对于屈原的解读以及屈原本身所携带的历史意义和价值符号不断闪耀着光芒，他作为一位理想主义诗人，有着传统文化中十分重大的价值可以被当代再度阐发出新的意义。特别是对中国传统文化的继承和发扬，屈原和端午节这个文化符号已经成为中华民族的历史记忆和现代文化的构成，今年，是他逝世2300年的整年份，纪念屈原的各种活动，在湖南汨罗江一带更是非常的丰富。

第二天一早，我跟随参会的嘉宾，来到汨罗江边，参加"我们的节日·端午"活动的开幕式。阳光普照，白花花的阳光扑在我脸上，于是我们都戴上了遮阳帽。开幕式以舞蹈开场，《倡舞祈福》出场，面具人跳着从古至今就存在的傩戏之舞，还有现代舞和民族舞结合的《闹端阳》，以及孩子们朗诵的诗篇《天问》《诗韵流觞汨罗江》，将一种古代楚国的楚风演绎到当下的环境中。

之后，我们移步到江边，但见锣鼓阵阵，鼓手站在龙舟船头，擂动一面大鼓。几艘龙舟在汨罗江上展开竞赛，箭一般奔向远方。江边都是聚拢着的观众，大家为这一年一度的端午佳节的欢乐和对屈原的相思怅惘而涌动着浓浓的情绪。

龙舟赛还在举行，我们一行移步到屈原公园的一处湖边，在那里，登上一艘古船，在祭祀的引领下，举行祭祀屈原的活动。此前，在电视台的节目设计中，就在我们眼前的与汨罗江连通的湖面之上，演绎了一出屈原怀抱着一块石头，缓缓走向江中的情景。阳光强烈，微风吹拂，杨柳岸绿意婆娑，身穿白衣的屈原在不远处的湖岸边缓缓走向湖水，直到没入水中。由演员扮演，还有一列小船，首尾相连，在湖面上鱼贯而过。

随着大鼓擂动，参加主祭的有我这个代表当代文人的作家，还有当地政府的一位副市长等，在屈原祭祀仪式的非遗传承人的引导下，在高高的装饰华美的木船的三层，随着鼓声擂动，大船向湖心驶去。到了湖心，船停下来，古装祭司念着古音悼文，上香，鞠躬，献祭台上有黑羊头和白猪头各一个，还有馒头粽子水果等。在上香鞠躬仪式之后，我们向江面上投下粽子。

整个仪式古朴、庄严、肃穆，略带些悲壮和哀愁，但又有着一种昂扬。这是很丰富的一种感情状态，在每个人的心中洋溢。以至于活动结束，我走向宾馆房间小憩的路上内心里还是澎湃不已。

这天下午，外面下着雨，在江边的一处会议厅内，召开了纪念屈原逝世 2300 年的文化论坛。与会的学者大家有很多，韩少功、骆玉明、方铭等接连登上讲坛，各位发言都很精彩。方铭先生还给我送了一册他写的《屈原及楚辞研究》，甚喜。

傍晚，研讨会还没有开完，我出来看到外面的雨下得大了。受到熊育群的召唤，我出来和他一道前往几十公里外的屈子纪念园，那里是一个专门的开发保护区。传说，屈原正是在那一段投江的。

熊育群就是汨罗人，现居广东，是我多年的作家好友，他近些年的创作非常丰厚。我们一路上在小雨中沿着大堤而行，远远地能看到汨罗江蜿蜒流淌。看了一个小博物馆，也看到汨罗江废弃河道中植物非常茂密。

在一处农家餐厅吃了饭，与韩少功老师会合。他也是汨罗人，不过他青年时期插队的地方在一百公里之外，本想去看看，时间来不及。吃了饭，天色向晚，我们去屈子纪念园参加晚上的放河灯活动。

在屈子纪念园所处的汨罗江边，人山人海，到处都是前来参加晚上的活动的人，聚集在江边。熊育群带我去广场边上的一处白色立石。今天上午，在这里举行的纪念活动中，念诵的祭文是他写的。那篇祭文就刻在白色的立石之上。天色微暗，我辨识着祭文文字，大声念诵了一遍，一些孩子聚过来谛听。果然是写得好！因而，我连声赞叹。我将这篇熊兄的绝妙祭文，附在此文的后面，供朋友赏读，妙文共赏兮。

晚上，冒着小雨，我们先在河边放灯，一盏盏思念屈原的河灯，漂向河面。远处河对岸，有人在打铁花，铁花飞溅，在这边岸边临时搭建的表演舞台上，演出了十多个全都是附近村民和屈子纪念园的市民排演的节目。

特别是其中一个女子擂鼓节目，让我很受震撼，只见几十位女子擂动她们眼前的大鼓，那种气势热烈而撼人，虽然是女子擂鼓，劲头不亚于男人，湖南女人特别有劲，有气吞千里山河的气概。天上的雨越下越大，节目却一个接一个。我们纷纷穿上雨衣，我扭头看，身后广场上的观众一两千人，大人小孩却都是兴致勃勃，冒雨观看。

节目结束，对岸开始放烟花。这时，雨停了，在黑色夜空中，璀璨的烟花不断升起，一朵朵，一簇簇，腾跃着在黑色幕布的夜景中十分绚丽耀眼，既是对屈原的最好的纪念和礼赞，也是疫情三年过后人们对未来生活的美好祈愿。

最后，烟花散尽，点点烟火飘散在汨罗江上，寄托的都是人们对屈原的思念，对本乡本土的赞颂，那些火一样的花火，必将在人们的内心里永远地闪耀。

附熊育群祭文：

屈子祭

朱明[1]日永[2]，草木蓁蓁，怀沙之日忽二千三百年，屈子纪念园新张。龙舟鼓响，菖蒲高悬，雄黄入酒，河泊潭黎庶鳞集，隆祭屈原。

莽莽仲夏，流放者衔悲家国，冤如覆盆[3]。投川之日，乘白骥至[4]。荞麦湖上，蒹葭苍苍，日月晦黯，两水倒流，山鬼斑竹[5]，啼泣不已，天崩地坼，独留千古绝唱。

屈潭[6]清绝[7]。楚人立祠，濯缨桥、独醒亭、拴马石、晒尸墩[8]，迹遍江渚。昔贾谊、史迁皆尝逐此，弭楫江波，投吊于渊[9]。

呜呼哀哉，国殇圣贤，雄心靡托，曼志无成[10]，鲲鹏扶摇，终啮于蝼蚁。屈子绝笔：变白以为黑兮，倒上以为下。凤皇在笯兮，鸡鹜翔舞[11]；贾谊吊之：阘茸尊显兮，谗谀得志。贤圣逆曳兮，方正倒植[12]；延之悼曰：兰薰而摧，玉缜则折[13]；管同感叹：才高行琦，众流攸谤[14]。世道兮，人性兮，前人备述矣。

魂兮归来！反故居些[15]。磊石孤峰，玉笥连绵，南阳依稀，招魂而葬，汨罗山上，其右为庙，其左为冢[16]。杜蘅[17]香兮，芙蓉[18]艳兮，江离、芳芷、泽兰、薜荔、芰荷[19]遍野；渔父扣舷，鱼踊波翻[20]，有凤来栖[21]。

行咏者，心怀社稷，叩问天地，哀民之艰，善之所向，九死而未悔[22]。其文其志其行，日月争辉，人间垂范。

怀沙之渊，山移斗转。洞庭围垦，良田万顷。富庶之地，候鸟纷飞，屋舍俨然，依依墟烟。罗子国都[23]，今名屈原。湘流[24]浩荡，一水萦回[25]，三闾殿[26]上，讴思[27]绵绵。公祭屈子，华夏诗魂，国之文脉，世之清流。角黍[28]鲜果，奠之奕祀[29]。

熊育群

癸卯年端午

注释：

1. 朱明：夏季。

2. 日永：指夏至。夏至这一天白昼最长，故云。《书·尧典》："日永，星火，以正仲夏。"夏完淳《端午赋》："朱明日永，丽节天中。"

3. 冤如覆盆：不白之冤，形容无处申诉的冤枉（覆盆：翻过来放着的盆子，里面阳光照不到）。

4. 乘白骥至：传说屈原投江骑白马来到江边，当地曾有盘石马迹。

5. 山鬼斑竹：杜甫《祠南夕望》有"山鬼迷春竹，湘娥倚暮花"。此诗写于湘阴。

6. 屈潭：郦道元《水经注·湘水》记载："汨水又西为屈潭，即汨罗渊也，屈原怀沙自沈于此。"

7. 清绝：杜甫《祠南夕望》有"湖南清绝地，万古一长嗟"。

8. 屈原投江后，楚人在磊石山和其南阳里故宅汨罗山建祠祭祀。唐代重建改名汨罗庙。明代重修时于庙前建濯缨桥、独醒亭等。

9. 郦道元《水经注·湘水》载："昔贾谊、史迁皆尝逐此，弭楫江波，投吊于渊。"

10. 雄心靡托，曼志无成：方孝孺《吊茂陵文》有"慨雄心之靡托兮，悲曼志之无成"。曼志：弘远的志向。

11. "变白以为黑兮，倒上以为下。凤皇在笯兮，鸡鹜翔舞。"引自屈原《怀沙》。

12. "阘茸尊显兮，谗谀得志。贤圣逆曳兮，方正倒植。"引自贾谊《吊屈原赋》。

13. "兰薰而摧，玉缜则折。"引自颜延之《祭屈原文》。

14. "才高行琦，众流攸谤。"引自管同《哀邹阳赋》。琦：奇伟不凡。攸：是。谤：诽谤。

15. "魂兮归来! 反故居些。"引自屈原《招魂》。

16. 汨罗山上, 其右为庙, 其左为冢。宋淳祐八年, 胡哲在《重修汨罗庙记》写有: "两山对峙, 一水萦回, 是为汨罗。其右为庙, 其左为冢。"

17. 杜蘅, 香草名。

18. 芙蓉, 植物名, 花美丽, 白色、黄色或粉红色, 到夜间变深红色。

19. 江离、芳芷、泽兰、薜荔、芰荷, 屈原辞赋写到的香草名。

20. 渔父扣舷, 鱼踊波翻: 韩愈黜为潮州刺史, 两度过汨罗, 写下"猿愁鱼踊水翻波, 自古流传是汨罗。苹藻满盘无处荐, 空闻渔父扣舷歌"。

21. 有凤来栖: 屈潭之北有凤凰台, 世传轩辕采铜铸鼎, 往来此山奏乐, 凤凰雌雄各六鸣于山, 故名。

22. 善之所向, 九死而未悔: 屈原《离骚》有"亦余心之所善兮, 虽九死其犹未悔"。

23. 罗子国都: 在今岳阳市屈原管理区古罗城村, 罗氏所建。经考古挖掘, 出土了大量春秋时期文物, 屈原管理区在此建有古罗子国博物馆。

24. 湘流: 指湘水。屈原《渔父》有"宁赴湘流"; 贾谊《吊屈原赋》有"造托湘流兮"。

25. 一水萦回: 指汨罗江。

26. 三间殿: 河伯潭屈子纪念园祭祀屈原投江殉国 2300 年新建三间殿。

27. 讴思: 讴歌以表达思念之情。

28. 角黍: 古时候粽子的称谓。

29. 奕祀: 世代、代代。

岷江破空而来

我曾经站在岷江边上，看着这条长江上游重要的大河在眼前滔滔奔流。江水奔流永不停歇，那一刻，似乎时间和空间都在涌动着，岷江因而成为巴蜀大地上破空而来的上天之水。

岷江，古称汶水、渎水、汶江等，在不同的河段有着比较繁多的名称。无数生活在江边，被江水哺育的子民们以自己的生命经验和这条河流发生着深刻的联系，也创造着与这条大河的总体记忆。岷江是长江上游一条非常重要的支流。可以说，岷江是孕育了巴蜀文明的一条母亲河。

站在岷江边上，我的脑海里迅速涌现出和岷江有关的一些文化符号。从自然景观来说，这条发端于四川松潘县岷山南麓的大江，串联起了风景绝美的九寨沟和黄龙以及大熊猫栖息地等世界自然遗产区域；从铸造出的人文历史元素来看，在岷江中游，李冰父子修建的都江堰彪炳史册。巍巍而坐、面对世间风云变幻的乐山大佛滨临岷江，这座大佛在唐代开凿，"山是一尊佛，佛是一座山"，高达71米的大佛肩宽

24米，遥望乐山城，在凌云山上看山下三江聚会，那种气象万千和稳坐如钟，也是岷江贡献给我们的重要自然景观和历史人文遗产。

岷江自发端之处顺流而下，落差很大，形成了阶梯状的下降高差，激流跳荡形成了无数壮美或者秀美的风景。岷江的总流域面积十分广大。仅仅在四川，岷江的流域面积就达到了12.6万平方公里。可以说，岷江是成都平原上最为重要的资源型河流。没有岷江的滋润，哪里有天府之城成都及其卫星城市的美丽繁华和星罗棋布？

岷江一般分为上游、中游和下游河段。岷江自北向南，流过了汶川、都江堰这一段是上游区域，又继续奔流，流经眉山、乐山这一段，是岷江的中游河段，然后在宜宾注入了浩浩长江，这一段为岷江的下游阶段。正是在这一段，岷江的河水孕育出了世界名酒五粮液。中国最为著名的浓香型白酒，就此和岷江水结下了不解之缘。

中国白酒有着水的外形，却有着火的性格。好水酿好酒，水是酒之魂，水不好，酒就不会好，水好酒才好。这就是为什么在四川奔涌的岷江，最终能在山川之间蜿蜒奔涌中顺势带来了大国浓香，让巴蜀之地的能工巧匠，酿造出和美五粮的代表性品牌五粮春。

宜宾号称万里长江第一城，我也曾经在这座城市走过路过。站在这座城市的某个高点，你可以看到，这座城市与长江水互相呼应，就像是一个站在江边的巨人，日日夜夜和长江在说话。

岷江水从乐山的城东大渡河的交汇处开始变宽，河床变得宽大平缓，可以说，这条河是几十条河流溪水不断汇聚而成的。在宜宾附近，岷江将龙溪河、文星河、蕨溪河、七里河、真溪河、越溪河、母猪河、高场河、鸳溪河、龙船溪、思波溪次第纷纷地揽在自己的怀抱中，海纳百川，而岷江则纳入了百条溪水，汇聚成磅礴的江水，穿越现在的内昆铁路大桥下，在宜宾翠屏区的合江门，汇入到浩荡的长江里。

因而，在宜宾的合江门处，三江口江水汇聚，合江口大江合龙，那种广阔而又温和的气质，绵绵深情而又大气内敛的气度，正是宜宾出产美酒的原因和底色。

正是由于岷江的源头来自高山雪水，水质纯洁而冰凉。沿途经历山川婉转的历练和不断的支流汇入，水质变得更加丰富甜美。这为四川宜宾出产的美酒五粮液提供了绝佳的水源水质。

宜宾有 2200 年建城史，根据一些文献和传说，却有着 4000 年的酿酒历史。酿酒不仅要好水，也要好粮食。宜宾的糯红高粱、川北的弱筋小麦、川南的原生水稻、川南的浅丘玉米、巴蜀河谷的糯稻，这五种粮食就成为了川酒酿酒的核心原粮。因而，五粮春这个品牌的酿造，则更是以好水和好粮作为其核心的基础，无好水绝不可能有好酒，无好粮就更不可能出好酒。酒是粮食的精华和灵魂，好水与好粮一起转化生成，最终成就了五粮春。

五粮春的酿造用水，是从岷江中心河道的地下 90 多米深的、富含矿物质的古河道水中垂直抽取的，这样的深层地下水，早就经过了大地深处的泥沙岩石层的一层层过滤，富含对人体有利的 20 多种微量元素，堪称酿酒绝佳水源，以上述五种核心原粮作为酿酒的质地，经过时间的醇化，经过微生物的作用，因而才可酿造出芬芳的五粮春。

岷江激流跳荡，自汉武帝之后就不断在历史文献中隐现，并不驯服。全流域包括了四川的八个地市州 36 个县，滋润养育几千万人口。氤氲着这样的文化底色，五粮春从诞生起便深具岷江和美文化的精神气质。岷江流经宜宾，所蕴含的和谐交融、和美与共的文化形态，就在这里回旋、在这里积淀、在这里生成，从而在酒的酿造中起到了关键作用。

宜宾处于四川地理多样性最为突出的地方，境内落差大，因而造就了一种变化多样的立体气候，全年温差都不大，昼夜温差也很小，气候湿润，雨多雾气多，这样氤氲的气候里，与山川形胜构成了一种天作之合，成为了美丽巴蜀人的摇篮，和五粮春那天府浓香的催生之地。

举杯邀明月，山川全走过，山水巴蜀，人文宜宾，在水的滋润下，岷江也串联起多民族共生共荣的景象。因而，岷江又是一条铸牢中华民族共同体的文化之河，一条多民族文明和谐共生的融通之河。岷江作为天府之国、巴蜀大地的母亲河，以其壮美、秀美、柔美和和美的风格气质，谱写了一曲各民族交往交流交融、和谐共生的动人乐章。

再走高邮与扬州

这次到江苏，才从高邮高铁站下来，就遇到阴雨天，进入高邮市，就下起了小雨，小雨黏糊糊的，并不爽利，让人的心境稍微显得薄凉。见到一些老友，这几年因疫情都未曾再见到，因此很亲切的感觉。头一天晚饭后，在高邮市内散步，但见波司登冠名的好几幢大厦，可见这个品牌与高邮的关系。

第二天，到高邮汪曾祺的纪念馆参观。我曾经去过他的旧居，那是多年以前的事了。这次，就在汪曾祺故居附近，建起了汪曾祺纪念馆。我们信步走入，可以看到图片与说明将他的一生叙述。也有多媒体如声光电视像等的呈现，使这一座二层的朴素建筑显得风格简朴而生动，正如汪曾祺先生的为人为文。

从纪念馆二层的某处窗户往外看，可以看到就在附近汪老的亲戚似乎还在居住的房舍。那都是白墙黑瓦的民居，隐蔽而狭促地和很多房子挤在一起。汪曾祺的散文文风与明代性灵散文一派如归有光等有文脉上的联系，不过，他在短篇小说的写作上独树一帜，开一代新风，很难去把他与别的作家相联系。几乎篇篇都是精品，我想起来人民文学出版社出版的他的 12 卷的文集，非常好卖，也是近年文集出版中少见的事。此外，他还写过京剧《沙家浜》，这段写作经历也是世所罕见的。

也许是在 1996 年的某一天，我记得，那年我参加从维熙文集的研讨会，还是华艺出版社张罗的，汪曾祺先生参会了，也发言了，感觉这老头的脸色黑黑的，是不是肝不好呢？第二年，也就是 1997 年的 5 月他就去世了。他曾在蒲黄榆居住，1996 年我曾去采访他，他推荐给我附近的一个小吃店里卖辣兔头不错。不过我不爱吃兔子头，因我小时候养过兔子。

傍晚，在高邮古运河边上的一家餐馆吃了饭，我们就向扬州方向而去。这个时候，雨下得大了起来。

到了扬州，因约好了晚 8 点上到运河码头的游船上，我们迟到了几分钟，都没有打伞，冒着雨上了船。船在扬州城区的古运河上走了一个来回。因是晚上，两岸的民居和公共建筑都亮着灯火。似乎我们的船想走到时间深处，走到隋朝以来的大运河的风景和记忆里，但很困难，船依旧走在 2023 年 9 月的时空中。

回宾馆的路上，在文昌阁的转盘那里经过。我到过扬州很多次，每次都在晚上坐车经过文昌阁的转盘。对这一小巧但精致的建筑十分眼熟。据说，这是一个明代建筑，是魁星阁的建筑形制，高 24 米，三层三重檐。历史上也曾遭遇火灾被焚烧了，现在的文昌阁是清代重修的，其他明代的扬州府学建筑都已不存在了。因现在文昌阁所在之处是一个转盘，所以非常具有标志性。

第二天上午，天气晴朗，我们去看了中国大运河博物馆。没想到在这个博物馆里面，观众摩肩接踵，人挤人人挨人的，很多人。博物馆也很大，三层或者更高，每一层都有可看的，还有一些特展，画展等等。在专题导游的带领下，我们穿越了图片展区、文物展区，多媒体和实景展区等等。没想到的是，现在博物馆里面也有这么多人。

离开扬州的上午，我去看了文汇阁。在东关街个园附近一条道的入口处，是新建的。我之所以要看看文汇阁，是因为在这里藏了一套《四库全书》的影印本。前些年，我在杂志社工作的时候，曾经与扬州日报社一起联办"朱自清散文奖"，双年颁发。原社长王根宝退休之后，曾在一家公司机构协助出版影印《四库全书》。这套清代的图书集成，洋洋大观，四库者，经史子集也。

现在的文汇阁的原址上，就有文汇阁一座。清代就是有名的藏书楼，太平天国兴起后，文汇阁毁于当时的战火。矗立在我面前的文汇阁崭崭新，一共有三层。一层是展览区，介绍文汇阁的由来，和藏书《四库全书》的情况。

清代的文汇阁还藏有《古今图书集成》。现在的文汇阁就一套影印版的《四库全书》，藏在二楼和三楼。我走了一趟，翻阅了一些经史子集的样本。据介绍，这里现在有128个书架，都是实木的，看着不像是楠木的，但却是比较坚实的木头，承受得起图书的重量。《四库全书》一共有6144个书函，36000多册图书。

地下一层是文创和部分复制的《四库全书》一些颇受欢迎的诗文集的店面。也有咖啡和茶饮，可以小憩一番。

出了文汇阁，但见附近还有一些附属建筑，如品字亭，御碑亭，天圆地方亭等等，远观一番，我们就向个园而去。

扬州的园林以个园和何园最为著名，都是过去的盐商盖的。我来过几次，不多说了。东关街上小吃林立，游人如织，也没有什么多说的。也走过几处会馆，似乎想到很多年以前的某一天，我们邀请了一些作家前来扬州，那年陈忠实也来了。晚上，在一家会馆建筑餐厅里，陈忠实借着酒兴，给我们唱了一段秦腔"高桌子底板凳"，我给他拍了照片，他大眼睛睁着，脸上的皱纹到处走，却非常开心喜乐。那一年啊，早就走远了，令人怅惘。

东关街上随波逐流，买了一点扬州酱菜。后来要去赶车，在东关街一处曲艺茶社坐了一阵子，听了一段扬州评书，演唱等等。甚是有趣。穿越几个连起来的园林建筑院落，民宿，酒店，我们穿梭其间，看到在亭台楼阁和假山水池之间，搭建了一些拍婚纱的布景，不时有情侣来拍婚纱照，带来了这个临近秋天的一派喜庆的氛围。

芸芸众生在身边如流云走过，我对于别人也是个过客。我想，过日子的日常的扬州，也是舒服美丽的。

尼山小天下，光焰万世长

　　2023 年 7 月盛夏的一天，我前往曲阜尼山圣境。车子转过一座小山，一面如镜的湖泊忽然铺展开来，下车望北，高台之上，一尊泛着金铜光芒的孔子塑像，正面向圣水湖，以交手礼微微颔首，面目慈祥温厚，眼底波澜不惊，无条件地收揽着四季的色彩变幻。周围地势开敞，天地之间似乎有一种浩然之气，站在孔子像近前，但见尼山圣境有容乃大，空间徐缓而宁静地展开，我内心顿时弥漫出一种肃穆之情。

　　拾阶而上，我们缓缓走向这尊高大却亲切的孔子像。据当地朋友介绍，这尊孔子像高达 72 米，由雕塑家吴显林担纲设计，他以唐代画家吴道子所绘《先师孔子行教图》中的孔子像为参考，塑造了这位儒家智者的尊像。尼山大学堂坐落在孔子像的左边不远处，那是一组依山而建的层叠式建筑群。我们信步而去，但见这组建筑虽然是退台式建筑形制，显示了退让和谦虚的恭敬姿态，却依然显出恢宏的气势。

　　尼山大学堂内部空间层次丰富，缓步穿行其中，我只感到大学堂果然是文明化育的课堂、民族艺术的殿堂和精神滋养的学堂。墙壁上有声名卓著的东阳木雕和生动逼真的山西泥塑，历史人物身上穿着苏州刺绣，墙上挂着福州漆画，还有景德镇的陶瓷器具，这些艺术形态与儒学的内容紧密贴合，使大学堂既庄严肃穆，又鲜活灵动。

在大学堂的一座大厅堂中，我们或坐或立，观赏了名为《天下归仁》的灯光秀，这是一出独特的演出设计，整台节目以繁复变幻的灯光来呈现，结合了影音、烟雾等现代媒介的通感交织，又有水墨氤氲和点染，配乐和伴奏却是中国传统乐器所演奏的古调，加上或缥缈的吟唱或如金石迸裂的节奏缭绕其间，声光电色，刹那翻涌，以独到的写意方式复原了历史的风云际会，圣贤的浩荡情怀，儒学的万千风姿。歌舞表演《金声玉振》用"风雅颂"三篇共九章，讲述了孔子从时间中阔步走来，成为万世师表的圣人的历程。与此同时梳理了我们的文明史，从上古神话到如今，在跨越两千多年的时空中，儒学从涓涓细流汇聚力量，沉默地击穿万马齐喑的年代，源远流长滋养万民，在中华民族伟大复兴的今天绽放光芒。

尼山这一处圣地，用虚实之法复原我们中国人心中的孔子，孔子尊像确实代表了我们的史书中对于这位圣人的想象，宽衣缓带，拱手施礼，身长擎天，凸大的脑门，是一位历经沧桑的和蔼老人。因此尼山是一处胜景，这位代表着中国精神视野高度的智者，好像随时都欢迎人们前去讨要指点。但我更加感兴趣的是，孔子之伟大足以使一切与之相关的事物沐上圣光。那么，孔子的诞生地尼山在今天，为什么依旧要模仿历史的流动呢？在孔子影响力的延长线上，孔子的故土如何参与到当下的精神生产和人们的精神流通之中的呢？

人们所熟知的春秋战国往往可以被简略地描述为，一个礼崩乐坏、战乱频仍、社会裂变，同时各种学说蓬勃生长、百家争鸣的年代，在毁灭的灰烬中又随时可能迸发燎原的火星。这种概括自然是正确的，却也是轻飘飘的。因为我们忽视了一个事实，孔子曾如"丧家犬"一般颠沛流离，他的学说迟迟无法落地。几千年来，华夏民族从来不曾具备自我教育的能力。想一想吧，上古时期，人们尊崇的是自然神，既有自然神，那么人间的事情究竟让谁说了算呢，这就造成了混乱。五帝之一的颛顼"绝地天通"，整顿天神与世俗的秩序，将沟通天地的权力限制在巫祝贵族阶层；商朝大量采用"人牲"祭祀和占卜，帝辛展开了重要却失败的抑制神权的改革，最后成为亡国之君且背负千古骂名；周朝总结了经验，尊礼尚施，事鬼敬神而远之，讲究礼仪乐制。到孔子降生于尼山之时，周朝已享 500 年国祚，而从此前泛滥的神灵崇拜到此时，已经过去了 2000 余年。谁能够确认自己所处的历史惯性中将蕴藏有翻天覆地的变动，谁敢于参与甚至引领剧变？

孔子的伟大在于他通晓了变化，并且在为变化之后的世界做思想准备。他的重要准备是什么？开设私学，投身教育。也许历史的幸运正在于孔子是一条"丧家犬"，在他郁郁不得志之时，孔子以广纳弟子潜隐和筹备，其有教无类和因材施教的教育理念，直接革新了本是西周礼乐文化的话语形态的"王官之学"。从此后，每一个普通人都可能通往成才之路。后世，包括那个直嚷着"天生我材必有用"的李白何曾不是受惠于这种中国历史上全新的教育。作为后世子孙的我们，能够宏观地对历史进行总结，是因为从此不再被天神、祖先神，或者是神在人间的代理人摆布，"人"抢夺了神权，通过学习就可以明白事理、接近真相，通古今之变、究天人之际。

春秋末期，"六经"散佚不全，孔子收集整编"六经"，对上古以来中国文化实现了全面的继承，孔子在传承中又有创新，所谓"述而不作"实际上是"述中有作"。以经学为基础的儒学不仅仅传承了我们民族的核心价值观，还开启了一种理性为基础的学术思想，即理性是要通过自觉意识生长脱胎而成的，研习理性也是立心立命的关键。我们容易忽视孔子对于儿子鲤的教化背后有这样一层含义。孔子强调"不学诗，无以言"，"不学礼，无以立"。说话和处事，还需要专门学《诗》《礼》？是的，只有通过现实和历史情境的比对，人们才能够真实地拥有看待文明的框架。我们虽然能够从商人的甲骨片上辨认出文字，但那些文字记录的是居心叵测的命运和阴晴不定的天意，不具备人的伟大理性。在孔子生活的时期，中华文化正经历着与世界同频共振的"轴心时代"，中华民族在理性思维上发生了一个大爆发，也即帕森思所言"哲学的突破"，人类意识到整体的存在、自身和自身的限度。人们开始理解自己的处境，并且能够为自己的时代精神做出新的阐释。

众所周知，孔子幼时在父亲去世后就由母亲带着离开了尼山，这次出走是为生存。孔子55岁开始周游列国十数载，又是为了什么？我们会说，是为了推行仁政，实现君子之道。那么，仁政归根究底是什么？是新型的政治思想，是对道德的终极关怀。君子之道又是什么？是终极的道德理想，却又是对政治的灵魂滋养。在此基础上，孔子的"仁学"立足"孝悌"，即对亲缘关系的爱，由此渐次扩展，爱众且继续推广至爱人。但仁爱思想并非强加于人，而是以修身为起点，以超越突破为路径，依靠自己的力量，完成此世的价值追求。在这个过程里，个体的责任意识和道德追求或多或少被激发出来，并且一代代传承者的力量将其传递汇聚，延伸至今。周公旦的"礼"、孔子的仁爱，今天的社会主义核心价值观，都是儒家学说的重要展示棱面，只不过都是在处理具体的时代问题中衍生出来的，并且含有不断超越的未来面向。"达则兼济天下，穷则独善其身"也是对这种理想的表达。事实上，二者仅仅是仁爱思想的不同阶段的表达形式，仁爱不仅仅是要不断去进行自我超越的理念，也是一种相当具有务实精神的表达，因为即便是微小的关切，也是自我的仁爱精神向外迈出的一大步。

2018年9月26日上午，第五届尼山世界文明论坛在尼山圣境开幕。以"同命同运相融相通：文明的相融与人类命运共同体"为主题，来自世界各地的专家学者，开展"文明对话"，共同探讨实现文明相融相通的路径，为构建人类文明共同体献计。2023 年的 9 月下旬，新一届尼山论坛举办，更多的学者、贤人和大士们会聚尼山圣境，在孔子像边，在大学堂里，一起领略先贤智慧，回应人类关切，以更加博大的胸怀，尊重差异，欣赏多元，容纳各方，碰撞出平衡纷争、消弭裂痕的智慧。文明对话，就是要让多样文明在互动中焕发光彩，让千姿百态的世界熠熠生辉。

孔子十七岁时曾说过一句话："丘也，东南西北之人也。"立下了用行走的方式传播思想学说、从事教育事业的志向。他几乎一生行走在路上，把足迹留在巍巍泰山的川谷石径、荡荡中原的乡野田间、浩浩黄河的烟波林岸，终其一生创立的儒家思想，辉映着中华文明的赫烁长河。这本《尼山之光》里收录的文章，也是当代作家们以行走的方式，在济宁曲阜，在齐鲁大地，在中华国土上行走所采撷的精彩华章，相信读者会从中领略到那穿越两千多年还将泽被后世的尼山之光，儒学发扬光大之光。

镇江的三山一湖

在我的心目中，镇江名气很大，我却多次路过而没有去过。好几次，在前往扬州的路途中，在润扬大桥上通过的时候，朋友遥指远处的一片江水连天之处浮现的城市说，那就是镇江。这年夏天，恰巧有个机会到了镇江，对镇江的三山一湖印象深刻。

镇江因在长江边上，其历史地位、文化积淀和杰出人物在中国古代和近代都大放异彩。从古代历史地位考察，镇江是吴文化的摇篮。当地的作家朋友一直在我耳边如数家珍，说镇江人杰地灵，历代都有著名文人和镇江有渊源。比如，从唐代的李白、孟浩然、白居易、杜牧、李德裕，到宋代的范仲淹、文天祥、欧阳修、王安石、司马光、苏轼、陆游、辛弃疾，再到明代的唐寅、文徵明、冯梦龙、吴承恩，以及清代的郑板桥、沈德潜、龚自珍等，在镇江都留下了诗词书画，给镇江的文化内涵增添了光彩。

另外，还有许多杰出的作家和学者，在这里编书写书，如梁代昭明太子的《昭明文选》、刘勰的《文心雕龙》、沈括的《梦溪笔谈》都在这里成书，还有米芾的书法绘画，成为中国文化史中的耀眼奇观。镇江还有许多历史上流传下来的故事和传说，如《白蛇传》中的白娘子水漫金山寺、《三国演义》中的甘露寺刘备东吴招亲、明朝话本中《杜十娘怒沉百宝箱》的故事等，都有传说中的实际发生地，可以按图索骥去寻觅，并在时间的烟云中去想象其情景。

到了镇江，从宾馆的窗户中望出去，就见镇江地势雄奇，一条大江横陈，那是长江逶迤而过，一面大湖环绕，那是金山湖在我的眼前铺展开来，三面山峰黛色熏染般，隐现在雾气中。那是金山、焦山、北固山。

这就是镇江著名的"京口三山"。京口三山并不高大，这三山在我这个北方人看来，简直就是小山包。但这三山面临长江，气势不凡，闻名久远。走了一遍京口三山加一湖，我对镇江的气韵生动更有体会了。

焦山

我先去的是焦山。焦山是一个小岛，旅游手册上介绍说："焦山，耸峙江心，碧波环抱，满山苍翠，山林遮掩古寺，宛若蓬莱仙岛在水中缥缈。"这天天阴，远看湖面上一个小岛，朋友说，那个小岛上就是焦山所在，山高70.7米。我问：为何叫焦山？朋友答：因东汉焦光隐居山中而得名。隐士焦光在这里悬壶济世，治病救人，后人为了纪念他就取名焦山。

我们要上焦山，得坐轮渡过去。我看到有一个防波大堤，显然是一条道路，从远处通到了焦山岛上，问，为何不从那边开车过去？朋友答曰，那样更麻烦，只能到达偏远的后门，无法从正门开始观览，结果还是要绕到前门来，不如坐轮渡方便。

轮渡很快就开过来，载着我们渡过金山湖面，抵达焦山。我想，这焦山不到百米的高度，如何能和众多名山相比？想来一定有它的理由。原来，这焦山上有江南闻名的一大碑林，焦山碑林。由于有这些碑林石刻，焦山成了一座书法之山，名列我国四大碑林之列。焦山的碑林石刻中，篆、隶、真、草、行、楷各种字体都有，特别是还有残碑《瘗鹤铭》，是从江水里打捞出来的，不知何人所写，成为焦山碑林中的瑰宝，闻名于世。那我就一定要看看这《瘗鹤铭》碑刻了。

上了焦山，迎面是定慧寺的山门。朱漆彩画，一对石狮镇守。门旁左右悬挂着一副清代文人所写的楹联："长江此天堑，中国有圣人"。进入山门，看到"海不扬波"四个大字，为明代书法家胡缵宗所写。焦山在大江之中，就像是一块镇水的巨石，驱逐水妖河怪，因此叫作"海不扬波"。过了一座牌楼门，处处可见亭台楼阁，焦山上的年岁在几百年的古柏树有好几棵，在壮观亭旁边生长的是一棵千年古柏，虬枝举天，枝叶茂密，有一首诗描绘它：

> 一株天矫六朝松，多是坂埋与石封。
>
> 不要点睛亦飞去，前生原是在天龙。

焦山是江南佛教的重要场所。焦山定慧寺是江南最早的寺庙之一，定慧寺，始建于东汉兴平年间，已有1800多年的历史。它原名普济寺，元代改称焦山寺，康熙南巡的时候将其改名为"定慧寺"，至今仍叫这个名。康熙皇帝还在这里御笔题词。如今，他的御笔碑就在碑林中。

"定慧"二字，取名自佛教经典中的"由戒生定"，"定"，就是去掉一切私心杂念，"慧"，就是通过"闻、思、修"这三条途径来增长智慧。"定慧"二字一向是佛家修行之要义。定慧寺在明代为全盛时期，朋友介绍说，当时就有殿宇98间、和尚3000人，参禅的僧侣达数万人，加上定慧寺两旁还有18个庵寺，号称"十八房"，因此在江南的佛教禅寺中地位很高，有"历代祖庭"之称。也难怪，东汉时期佛教才传入中土没多久，这座寺庙就建立了，自然是地位不一般。"焦山有座寺，藏在山凹里，不见形势，谓之山裹寺。"施耐庵在《水浒》中，对焦山定慧寺有这样的景观描述。

焦山的寺庙、楼阁大多被山体的绿树掩映在阴凉中，一直有"山裹寺"的说法。我也是走马看山，一路走去，定慧寺、大雄宝殿东泠泉、御碑亭、古雅庭院观澜阁、焦山炮台、华严阁摩崖石刻、三诏洞、壮观亭、万佛塔、别峰庵、百寿亭、吸江楼等等，亭台楼阁别有风姿，观澜阁、文昌阁、汲江楼、东升楼、御碑亭、槐影书屋、黄叶楼、乾隆行宫、浮玉斋、枇杷园、蝴蝶厅，令人目不暇给，我就这么走过、路过，又看过了。

焦山现在还是江苏佛学院的所在，来此朝佛受戒学习的学徒很多。还看到已故中国佛教协会会长赵朴初在这里题写了"无尽藏"三字，让我想起来小说家庞贝的作品《无尽藏》的奥妙。

最后还是想看看《瘗鹤铭》。《瘗鹤铭》的名气很大，瘗，就是埋葬的意思，想来有一个道人埋葬了一只死去的仙鹤，为此专门写了瘗鹤铭。

有"碑中之王""大字之祖"之称的"瘗鹤铭"，就出自焦山，一向有"北有《石门铭》，南有《瘗鹤铭》"的说法。镇江的朋友很自豪，夸赞说，焦山碑林与西安碑林一南一北，各领风骚。

走过几棵银杏，在一条回廊中穿行，进入一座精致的江南庭院，朋友说，这里是当年乾隆南巡时居住的行宫。行宫是两层楼，飞檐斗拱，当年就在这建筑的外面，江水奔腾而过，惊涛拍岸，波澜起伏，在观澜阁上可见远处大江东去，白云缭绕，真是一幅美丽的千里江山图。

我急着去看《瘗鹤铭》，走马观花，看到很多名人的墨迹碑刻，脚步未曾停留。等到眼前墙上的《瘗鹤铭》残碑出现，我还是很震动的。

仔细观赏《瘗鹤铭》残碑，确实觉得其书法价值很高。有人附会《瘗鹤铭》为东晋大书法家王羲之所书，我不赞同这种说法。但《瘗鹤铭》的内容显示，它和道教是有很大关系的。肯定是有一位古人因喜欢的仙鹤死去，写下了《瘗鹤铭》以示悼念，被镌刻在岩石上，后被雷轰击崩塌后，坠入江中。宋代淳熙年间，这块石碑曾露出了水面，后来又没入水中。

清朝康熙五十一年（1712年），镇江知府陈鹏年派人从江中捞起了五块原石，仅存下八十六个字，可见其字体潇洒苍劲，是隶书向楷书过渡的关键时期的标志性风格，书法价值极高，可算是稀世珍品。宋代著名文人黄庭坚认为，"大字无过《瘗鹤铭》"，推此为"大字之祖"。《瘗鹤铭》残石被发现以来，历代文人墨客对它都是高度评价，对《瘗鹤铭》的诞生时代、其作者、书法艺术特征等方面的研究、探讨一直在进行。经历代专家考证，《瘗鹤铭》原文应在160字左右，尚有很多缺失。

我就问当地的作家蔡兄，那为啥后来不继续打捞呢？老蔡告诉我，在1997年，镇江博物馆和焦山碑刻博物馆联合考察打捞，又在水下发现了一点《瘗鹤铭》的残石。经过整理，发现了"欠"和"无"这两个字的残碑。

老蔡说，到了2008年10月8日，再次对《瘗鹤铭》落石地点进行打捞考古。联合考古队动用了打捞船、挖泥船、小工艇，利用现代化的GPS技术、超声波技术、多波束水下地形测量技术及潜水等，对焦山西麓的江滩进行了一次全面的打捞考古作业。

这一次，在打捞出水的 1000 多块山体落石中，经过清洗、拓片、辨识、鉴定，发现其中的 453 号石、587 号石、546 号石、977 号石上，疑似有"方""鹤""化""之遽"等几个残字。经考古专家和书法家反复辨认，能够初步认定，这几个石块上的字形大小、文字式样、笔画形态与《瘗鹤铭》书风相一致。2009 年 8 月 25 日，又对疑似刻有《瘗鹤铭》的巨石进行爆破减负，以便全石打捞出水。但目前并未有新进展。

北固山

从焦山上坐轮渡回到岸边，再坐车前往北固山，不过是十分钟的路程。

北固山在一片绿树掩映中，位于镇江市东北江滨，因山势陡峭、形势险固，因起名曰"北固"。又因当年梁武帝曾登山顶，一览长江天际流，又名北顾山。山上有"天下第一江山"的碑刻题记闻名于世。

我沿着台阶上了北固山，可见山体滨临大江——现在是金山湖的水面，山势险固，甘露寺高踞在山顶，形成了"寺冠山体"的独特风貌。北固山上的亭台楼阁雄奇而又秀丽，大都与三国时期孙刘联姻等历史传说有关，因此成为外地游客前来寻访三国传说的好地方。

不过，我觉得很多地方也是附会的多，传说多，听听罢了。比如说，在北固山公园入口处的池塘边有一块试剑石，这块试剑石就附会了这么一段故事：相传，三国时孙权刘备曾经联盟。有一天，孙权和刘备同游凤凰池，看见池边有一块巨石，刘备立即拔下随从身上的佩剑，仰天长叹：我若能手起剑落、剑下石裂，就联手东吴合击曹操成就霸业！

他手起剑落，只见火花飞溅，巨石应声而裂。于是他就牵手孙权，两家结盟。这块试剑石成为了刘备联手孙权的检验心智的一块石头了。

我仔细观察凤凰池边的这款石头，确实从顶端到半身，有一道裂缝。但我感觉，用刀剑是劈不开的。然后，蔡作家解答了我的疑问。

其实，试剑石的形成，来源于地质的演变：大约距今一亿多年前的白垩纪时代，因火山喷发、岩浆溢出地表，形成了火山岩，其质地坚硬，多裂缝，再经长时期的风化剥蚀，就变成了现今的裂缝石头的形状，这款石头绝不是刘备用利剑能劈开的。

无论传说如何荒诞，我想，仁者爱山，爬爬山，总是好的。北固山由前峰、中峰和后峰三部分组成。前峰原为东吴古宫殿遗址，现已辟为镇江烈士陵园；中峰上原有气象楼，现改为国画馆，后峰为北固山主峰，北临原来的长江主航道、现在的金山湖，三面悬崖，是一览三山映江水，长河天际流的最佳之处。

作家老蔡从小就爬这座山，如今他都五十多岁了，一边爬一边给我们讲解。我们喝了一会儿茶，接着走路。看到一个小胖子在一块像是狼狗的石头上骑着，他上去问，孩子，你知道这块石头叫什么吗？

小胖子和他的妈妈都是一脸懵懂，不知道这块石头是什么名字。

老蔡说，这块石头雕像的动物，不是狼不是狗，这东西叫狻。因此这块石头叫作狻石。形状像是羊又像是狗和狼，但无角也没有耳朵，左侧腹部上，刻有"狻石"二字。导游说，相传，孙权曾骑在狻石背上，和刘备共商破曹大计，定下了赤壁之战的妙计。我一听，又笑了。那这两个英雄可真是顽童啊。

老蔡也笑了，他说，我从小就骑过这块狻石，说着，他就骑上去，还真是像刚才那个小胖子长大成人，变成了老蔡。他告诉我，这块狻石是从镇江市碌碌巷的南荒场路口移过来，经过石匠加工、精雕细刻而成的一只无角狻石。

我们从北固山南麓登山，过了气象台，沿着山脊北行，到达清晖亭。在亭边有一座铁塔，生着褐色的铁锈，看着很不一般。

原来，这是唐代的卫国公李德裕在宝历元年（825年）所建，又名卫公塔。原为石塔，毁于破坏之后，在北宋元丰元年也就是1078年，改建成九级铁塔，呈现平面八角形。

后来，这座铁塔也是命运多舛，经过海啸、雷击、战火等很多次的大劫难，到1949年的时候只剩下塔座两层了。经过修整，现在是四层，约8米高，整座塔显示了岁月的沧桑经历：塔基及一、二层是宋代原物，三、四层为原塔的五、六层，系明代所铸造。

甘露寺后面的多景楼，算是北固山风景的最佳处，楼名取自唐代李德裕的诗句"多景悬窗牖"，想必是在不同角度，看到的江天景色大不同的缘故吧。

在楼额之上，悬挂着大书法家米芾所书写的"天下江山第一楼"的匾额。山顶有很多大树绿影婆娑，遮挡了我的视线，我在北固山高处好几个地方多角度看水光山色，只见金山湖上水汽蒸腾，更远处的大江就像是一条玉带，蜿蜒东去，让人心旷神怡。

金山

下了北固山，直奔金山，也不远，十几分钟就到了。

金山的名气很大，因为有《白蛇传》、有法海法师的传说。果然是人流如织，川流不息。

金山本是屹立于长江中流的一个岛屿，"万川东注，一岛中立"，与瓜洲、西津渡成掎角之势，被称为"江心一朵芙蓉"。但沧海桑田，长江改道之后，在清代道光年间，金山岛与南岸陆地相连接，成为陆地的一部分了。金山位于镇江市区西北长江路，海拔高度 43.7 米，占地面积 41.6 公顷。它是长江大断裂唯一得以保存至今的物证。

金山是镇江三山一湖的掎角之山，一向以绮丽著称。果然，我们远看山体之上不见金山，只见到山上的寺庙殿宇金碧辉煌，游人、信徒、香客、闲人纷纷到来，都是来看金山的。远看一塔矗立在高处，直指苍穹。老蔡说，金山寺总见寺庙不见山，远看近看都是这样，所以一直有"金山寺裹山"的说法。

我们站在江天禅寺门口，我抬头一望，就看到了题有"江天禅寺"的匾额，据说，这块匾额，是清康熙皇帝来金山时亲笔题写。

江天禅寺就是金山寺，是一座古老的、在佛教史上很有名的禅宗寺庙。它始建于东晋时期，距今已有一千五百多年，寺庙建成后最开始叫作泽心寺，南朝、唐朝称为金山寺。在清代，金山寺与普陀寺、文殊寺、大明寺并列为中国四大名寺，成为著名的佛教道场。

我们信步而行，沿着台阶上山。整座金山果然都包裹在寺庙建筑中。有一座慈寿塔，非常显眼，它位于山顶，远看近看，都是金山的标志。很多游人以它为背景取景。看手头的介绍，这座塔高约三十六米，是砖木结构，有七级八面，现在不让客人上去了。平时，顺着内部旋式木梯，可直登塔顶。

我们爬到山顶，在游览平台上靠着栏杆，可见镇江城楼厦林立，一片广大。远看大江东去，金山镇江，真是能够镇住大江的波涛汹涌，的确有一种雄伟的气势。

金山寺有许多历史典故与动人传说，如《白蛇传》中的水漫金山，梁红玉擂鼓战金山，妙高台苏东坡赏月起舞等等，这些在我看来，就是听听好玩罢了。

金山寺虽有一千多年的历史，但也是几经毁坏和重修。比如，金山原有双塔，明初就不存。明穆宗隆庆年间，和尚了明在北塔旧址筹资重建了一座塔，命名为慈寿塔。

清咸丰年间，此塔毁于战火。光绪年间，金山寺住持隐儒经过多年奔走，在时任两江总督刘坤一的资助下，重建慈寿塔。那一年，恰逢慈禧六十寿辰，刘坤一让人在慈寿塔外的花墙上，刻了湖南李远安手书"天地同庚"四个大字，以示贺寿。这些花边历史，是导游最喜欢告诉游人的。

金山名气大，历代文人墨客都在金山留下了诗文和墨宝。我在这里，只引宋代王安石的一首《金山》诗，其中他写道："数重楼枕层层石，四壁窗开面面风。忽见鸟飞平地上，始惊身在半空中。"下山的时候，道路逼仄，几乎要摔倒，我确实是感觉到了王安石的"始惊身在半空中"。

金山湖

出了金山，我们在金山湖边的步道上走了好久。天色阴沉，下雨了，可见岸边芦苇、水草杂生。不时看到眼前的一种大鸟飞起来，飞向苍茫的金山湖上。老蔡说，这种水鸟叫作灰鹭，是喜欢偷鱼吃的水鸟，渔民稍不留神，打的鱼就要被它偷走了。

到镇江，这三山一湖值得一看，山不在高，湖不在大，的确是名不虚传。

名不虚传的，还有镇江的佳肴。比如，焦山鲥鱼是镇江独有的名菜，为长江三鲜之一。

晚上吃饭，饭桌上，主人推荐给客人的还有水晶肴蹄、清蒸刀鱼、白汁鲖鱼、蟹黄汤包、桂花白果、镇江狮子头等。河鲜非常鲜，咸淡总相宜。特别是，一碗锅盖面让我大开眼界，原来，这面是连着锅盖一起煮的。镇江一直有"面锅里煮锅盖、香醋摆不坏、肴肉不当菜"的说法。我感觉镇江香醋微带甜，肴肉很筋道，锅盖面很好吃，这镇江三怪其实一点都不怪。

你好，北京

1

北京，是我们伟大祖国的首都，历史悠久，曾被称为幽州、燕京、大都、北平。这座城三面环山，有永定河、潮白河、北运河等河流穿城而过。这里夏天多雨，冬天飘雪，四季分明，景色优美。

北京城一共分为 16 个区，有两千多万人口，人们在这里生活、工作、学习、游玩，他们的奋斗与欢笑让北京生气勃勃，欣欣向荣。

2

北京是世界上拥有世界遗产最多的城市，下面就让我带你来看看北京有哪些鼎鼎有名的建筑吧。

"我爱北京天安门，天安门上太阳升。"这段旋律很熟悉吧？咱们游览的第一站就是这里。天安门威严庄重，正中门洞上悬挂着毛主席的画像，两边分别是"中华人民共和国万岁"和"世界人民大团结万岁"的大幅标语。1949年10月1日下午3点，毛主席按下电钮，新中国第一面五星红旗飞扬在了天安门广场的上空！小朋友们，你们是否也跟着爸爸妈妈一起，在天安门广场观看过升国旗仪式呢？

3

天安门广场上树立着人民英雄纪念碑，碑的正面刻着毛主席写下的"人民英雄永垂不朽"八个大字。这纪念碑虽不算高大宏伟，却意义非凡。我们今天和平安稳的生活是谁创造的？是那些值得人尊敬的革命先辈，他们为了我们后代的自由与尊严，不惜抛洒热血才换来的。

4

穿过天安门城楼，你会看见一片气势恢宏的古代皇家宫殿，这个宫殿群就叫故宫，也叫紫禁城。紫禁城主要是用木头建起来的房子，四面有高高的城墙和东西南北四个方向的城门，城墙外面有护城河，里面有九千多间屋子，其中包含了养心殿、翊坤宫、漱芳斋、御花园等我们常常在电视剧里看到的地方。中国明朝和清朝的皇帝就住在紫禁城里。清朝皇帝退位后，从1925年起这里变成了博物馆，收藏了非常丰富的古代中国的文物。

5

除了紫禁城，清朝时候皇帝常去的地方还有颐和园。这里是中国最大的皇家园林，在北京城的西边。颐和园有浓浓的江南风情：北部靠山，园子中央有湖，湖上有岛，岛与岛之间有拱桥和长堤相连。昆明湖是颐和园里最大的湖，湖上有十七孔桥，桥上的石狮子形态各异，十分有趣。

6

比紫禁城历史更久远的是长城。我们的古人修建长城是为了抵御外敌，保卫国家。人们从西周时期就开始建长城，延续不断修筑了2000多年，总计长度达2万多千米。中国古代许多地方都有长城，但是今天还保存得比较完整的长城在北京。北京的长城大多建在崇山峻岭之上，随山势蜿蜒起伏，远远看上去像巨龙，把我们祖国不同民族的人们联系在一起。

7

看了这么多古人留下来的伟大建筑，我们换个地方看个新世纪之后新建的奇特建筑——鸟巢。鸟巢不是真的鸟巢，而是建筑外表看上去像鸟巢。它像一个由树枝编织而成的巨大摇篮，孕育着新的生命。2008年北京举办了奥运会，鸟巢就是这届奥运会比赛最主要的体育场。2008年8月8日晚上，当奥运会的圣火在鸟巢点燃时，全世界的人们都在鸟巢的欢乐中看到了中国的风采。

8

北京见证了中国历史变迁的许多重要时刻，比如推动中国从古代转变为现代的新文化运动就在此发展得轰轰烈烈。说到新文化运动，就不得不提它的运动中心，也是每一个中国学子都很向往的地方——北京大学。每到寒暑假就会有许多爸爸妈妈带着小朋友们来参观这所著名的大学。它不仅是中国最优秀的大学，也是对中国历史发展起着重要作用的大学。毛主席曾经在这里当过图书管理员，鲁迅先生在这里教过书，以及众多朝气洋溢怀着远大抱负的青年学生在这里读书学习。

9

听完大学里的读书声，我们可以去北京的胡同里走一走，看看老北京市民的生活。走过北京的胡同，你能看到老北京城最主要的民居——四合院。住在四合院里土生土长的北京人都熟悉家门口的胡同，对它的过往和趣事如数家珍。历史上诸多的名人都曾在北京的胡同里生活过，最著名的"史家胡同"就曾住过中国历史上几十位名人，被称为"一条胡同，半个中国"。

10

老话说，北京城"东富西贵"。北京东城的富有曾经是京杭大运河的功劳。它是世界上开凿最早、长度最长的一条人工河道。元朝的皇帝将北京定为首都后，开始改道旧运河，开挖新运河，通过运河把江南的米粮运到北京。直到今天，京杭大运河仍在促进北京和其他地方的商业贸易的繁荣，被称为"黄金水道"。北京的什刹海、后海一带当年是京杭大运河漕运的终点，曾经千帆竞泊，热闹空前。

11

看了这么多历史文化遗迹，休息一下，可以尝尝老北京的小吃。清朝有首词是这么唱北京小吃的："三大钱儿卖好花，切糕鬼腿闹喳喳，清晨一碗甜浆粥，才吃茶汤又面茶；凉果炸糕甜耳朵，吊炉烧饼艾窝窝，又子火烧刚卖得，又听硬面叫饽饽；烧麦馄饨列满盘，新添挂粉好汤圆。"这些小吃会在庙会或沿街集市上叫卖，人们无意中就会碰到，老北京人形象地称为"碰头食"。

12

比起冰糖葫芦、豌豆黄、驴打滚、灌肠、爆肚、炒肝等，豆汁儿可以说是老北京小吃中独具特色的一种。从前，卖豆汁的大多是从粉房将生豆汁舀来，挑到庙上，就地熬熟，配上麻豆腐、辣咸菜等小菜一起卖。据说，豆汁儿早在辽宋时期就已在北京盛行，到了清朝甚至一度成为宫廷饮料。妙就妙在，豆汁儿味道奇特，酸臭如泔水，却深受老北京人的喜爱。

13

北京就是这么一个古老又现代、庄严又活泼的城市，值得我们慢慢看，慢慢品，慢慢与它一同成长。

黄河底下的河流

一

那一次走黄河，从郑州出发，一路弯弯曲曲走到三门峡，把河南境内的黄河看了一个遍。一次次站在黄河边，这条母亲河让我感到亲切和博大，让我深思这条大河对于我们的民族、国家和我自己的意义。

水是生命之源、生产之要、生态之基。中国水系发达、河湖众多，中华民族因水而优，有了饮灌之源、舟楫之利、鱼米之乡，催生了璀璨的文明。同时受地理和气候条件影响，我们也因水而忧，不断受到水多、水少、水脏、水污染的多重水问题的困扰。这决定了水情是中国的基本国情，水务是中国的第一要务，频繁发生的水旱灾害是中华民族的心腹之患。因此自古以来，善治国者必先治水，要保一方平安，同样需要治水。世界上没有哪一个民族像中华民族这样与水利结下不解之缘，也没有哪一个民族像中华民族这样为后人留下了丰富的水利遗产。

新中国成立后，党和国家高度重视水利工作，领导全国人民开展了气壮山河的水利建设，取得了举世瞩目的成就，为经济社会发展、人民安居乐业作出了巨大贡献。毛主席先后提出了"一定要把淮河修好""要把黄河的事办好""一定要根治海河"的伟大号召，掀起了新中国水利事业的第一个高潮；到了新时期，中共中央、国务院以2001年1号文件的形式发布了《关于加快水利改革发展的决定》；党的十八大以来，习近平总书记提出"节水优先、空间均衡、系统治理、两手发力"的新时期治水思路，以及"共抓大保护，不搞大开发"和"生态优先、绿色发展"的治水理念，全面推进水生态文明建设。推动了全国水利的大繁荣大发展。但人多水少、水资源时空分布不均的基本国情水情，决定了洪涝灾害仍然是中华民族的心腹大患，水资源供需矛盾突出仍然是可持续发展的主要瓶颈，农田水利建设滞后仍然是影响农业稳定发展和国家粮食安全的最大硬伤，水利设施薄弱仍然是国家基础设施的明显短板，也决定了中国水利工作仍然任重而道远。

二

我特别想看的是，南水北调的水，这条人工河流，是如何和黄河交汇，并继续前往河北和北京的。

水是生命存活的基础。山川大地，动物植物，没有了水，那么一切都是干枯的，干燥的，都无从谈起了。南水北调，就是把南方的水调到干旱缺水的北方来，这个宏伟而大胆的设想，在建国以后的第一代国家领导人毛泽东那里就开始勾画了。改革开放三十多年，国家的经济迅速增长，用水的矛盾在北方，尤其是华北地区就显得非常紧张和突出了。水少了，河南、河北和山东的良田庄稼就减产，没有水，北京的首都地位堪忧，天津也会关闭通向大海的门户。因此，南水北调工程，就成为了一项不得不尽快实施的 21 世纪中国的重要水利工程，是北方大地上的一条绿色生命线。

从地图上看，从湖北的丹江口水库向北，一条长达 1300 公里的绿色生命线，从西南向东北方向延伸了过来。中线工程的特点是规模大，渠线长，建筑物样式多，分为明渠、漕河、管涵洞、泵站等等很多种。我问了问河南的朋友，南水北调的水遇到了黄河怎么办？

他们告诉我：从黄河底下穿过去，然后再钻出地面，继续北行！

什么？南水北调的水，是穿越黄河下面的一条河流？我很吃惊。一定要去看看。

南水北调穿黄工程，位于郑州市以西 30 公里的黄河两岸，是南水北调最重要的关键控制性工程。只有从黄河穿越而过，南来的水才可以最终向北方流去。穿黄工程投资在几十亿人民币，工期花了 5 年的时间。

我们沿着黄河的岸边，一路向西而去，来到了焦作市，看到了穿越市区的大渠，成为点染城市水景的重要景观。南水北调工程有一个很明显的作用，就是改善了沿途的景观，有着很好的旅游价值。尤其是穿越焦作市区，使焦作成为了有水的城市，市民为此十分高兴，在拆迁方面比较顺利。

到了穿黄工程的现场，眼前顿时开阔了起来。穿黄工程已于 2010 年全面竣工。从黄河的下面穿过去，其工程的难度可想而知。我想，要是在黄河上盖一个大渡槽，是不是更省力气呢？但是这么大的渡槽，很难在工程建设、质量和安全上实现。从黄河的下面穿过去，就成为了一个重要的选择了。于是，直径 9 米、长 78 米的盾构机在黄河的底下顽强地向北岸掘进。整个穿黄工程，是由南岸进水工程、黄河底部 2 条隧道、北岸渠道和老蟒河倒虹吸工程所组成。怎么来形容呢？也就是说，从南边引来的明渠的水，到了黄河边上，要进入一个穿黄工程的进水闸门，在闸门，水的流量和流速都被控制，然后进入到几十米深的黄河底下，在隧道里向北流动，从出水口出来，经过了倒虹吸处理，然后进入北岸边的明渠，继续向北进发。

让巨大的水流从黄河的底下穿过去，也是中国人有想象力、有科技能力的一种体现，穿黄工程的总工程师告诉我，他们在施工的过程中，进行了很多项的科技创新，有很多中国人自己的发明创造。在这样的大工程里，中国人的创造性和智慧进一步得到了发挥。可以想见，曾经有多少台打桩机、挖掘机、大卡车都在这里奔忙。眼前的建设者正在这黄河的底下，把南来的水，引向北方，那我们看不见的 9 米直径的大盾构机，在一刻也不停地向北部掘进，在顽强地从黄河的下面穿越。整个南水北调调来的水，河南是受益者，北京也是受益者，沿途的河南、河北一些缺水的农业产区得到了水源的滋补。

如今，大地上一片安静。隧道已经贯通，就等着南来的水安静地穿黄而过。站在高处，我看着黄河水来自遥远的空茫地带，又向空茫的地方而去。但是在这种空茫的感觉里，却有一种特别实在的感觉，因为，南水北调的建设者正是在这黄河的底下打通了巨型的隧道，把南来的水引向干渴的北方。

我国水利正处于建设高峰期、管理提升期、改革攻坚期、发展黄金期，我国的水利事业，既实践着由追随者向领跑者的身份转变，由请进来到走出去的历史跨越，同时也面临着由工程水利向环境水利、生态水利和民生水利的深刻转型，治水管水兴水任务极其艰巨、责任尤为重大，但前景也极为光明。

三

北纬 35 度到 45 度之间的范围，这个范围，我们可以看到从北京、内蒙古到青海、新疆的辽阔的一条北方的脊骨线，核心的部分，自然是黄河流域。在这个广大的、中华民族发祥和与各个游牧民族交融的地区，人，生长在大地上，人不能忘记自己的来源。人被奶水养活，被母水滋养。诗人成路的《母水》是一首关于黄河的赞美诗，我引用《母水》片段，作为这篇文章的点睛：

母 水

我看见，我的第一代族长
持着火团把混沌烧融成河

水，在巴颜喀拉北山的雪崩涧没有节制地奔走
姊妹的歌谣和兄弟的号子
漫溢、传颂

飞翔的豹，陈展开翅翼
温暖巴颜喀拉雪山弥合时淌下的水
还有鲤鱼，还有沙子

巴颜喀拉雪线下向南隆起的原

相信土，相信石头
他们，和飞豹破腹点灯
这是光亮的祭奠
照看着河水和风群

入口
鲤鱼，或者是墨绿或者是鲜红
在灯柱下
潜游

而风群的轰鸣
此刻正在聚集
向南向北

"抬起头，鱼和风抬起头
大水的秩序已经在一扇宫门开启"
飞豹说

是啊，我把耳朵贴在土地上
让灵魂沿着水的流向
和以前，和未知一起流动

河口上的旗杆，一对铁铸的旗杆
依着祖母的孕光
摇响陶钵上的提环
这水质的声响

陪伴着我的姊妹，仰面的姊妹

用绿血缝合沉船的帆

这水质的声响

让我的兄弟把五月的甘草和盐巴

敷在旷野上，煮沸黄河夹裹的冰

而祖母，在静默的仪式场

取出口中的籽粒

和地脉，和我的血脉收集根茎的力量

  诗人成路的这首书写黄河的诗篇《母水》，有着鲜明的创作自觉。他解释说："母水，纬度高地——西部，是名词，也是华夏族精神和文化象征的黄河、长江、澜沧江的江河源。换言之，西部是一个民族根脉图腾的圣地。在这里我想叙说的是我自己的黄河。行走中，眼睛看见的现场和物象，自然地放置到黄河的各部让其归位，使其完整。这样，黄河的凶、顺，我看做是一个生命体的本能反应，'他'是没有隐喻的。我拒绝了表述气势的形容词，使诗歌和黄河像我一样是自然的本身，可生，可亡——在生和亡之间存活就足够了。这章诗是黄河的自然材料，雄性的成分居多。这样我确认一个事实，黄河是中华民族的母亲河，那我们的父亲河是哪条呢？我在诗歌里把黄河指证为一条母亲和父亲共同属性的河流。我在写作过程中阅读史书和地理志，从而丰富我的幻念形象，把这些形象放任给语言，和情感、理想达成了一种并行的关系，展开了思想行为，即意象语言的表达而产生的思想。我还需强调，幻念形象是在文化史的框架里完成。"

  像成路这样的黄河边的作家和诗人有很多，就像是从地里长出来的庄稼一样。文学作品如何书写黄河、表现黄河？我们有着很多空间，各种文体也可以加入其中。中国自古就"仁者乐山，智者乐水"，文人与水、文学与水利似乎有着天然的亲和力。从古代的大禹治水，到李冰开凿都江堰到三门峡水库和黄河小浪底工程，《史记·河渠书》、唐诗宋词，以及历代的地方志、人物志，讴歌水与治水人、治水事的文学佳作可谓层出不穷、不胜枚举。

新疆在说

我是新疆

新疆是个好地方，绿洲连连，大漠苍茫，各族人民生活幸福，人们歌舞欢畅。天山南北好牧场，风吹草低见牛羊，雄浑壮阔的大美风景在新疆。

4 月 10 日

在塞上江南的伊犁河谷，春天里的杏花开满了山峦。到处都是勤劳的黑蜂在采蜜，为的是秋天里，这儿瓜果飘香，那拉提的空中草原上，牧民们手拿乐器，弹唱古老的史诗，草原上和河谷中，骏马奔腾。

5月1日

高高的阿尔泰山、天山山脉和昆仑山护卫着准噶尔盆地与塔里木盆地。但天山是个脾气古怪的老头，总是吹着白胡子不给人好脸，还蛮横地切断疆南疆北，让隔山居住的人们无法相见。但1949年新疆和平解放以后，解放军叔叔为南北新疆修建了独库公路，在公路的乔尔玛段，牺牲的解放军烈士就在那里长眠。

天堑变通途。从此，四通八达的高速公路贯通天山南北，沙漠公路穿越塔克拉玛干大沙漠，飞机飞越天山，直达和田绿洲。让我们坐着汽车、火车、飞机遍览新疆胜景！

6月20日

喀纳斯湖像一颗蓝色的宝石镶嵌在层层山峦之间。湖面下，兴许会突然浮出一条传说中的水怪，吓得游客们哇哇大叫呢。

7月17日

天山"瑶池"，流传着西王母和周穆王之间的动人故事。但也有人更相信，王母娘娘是个宠爱女儿的母亲，专门为七个仙女挖凿了这么一个冬暖夏凉的浴池。

8月1日

古代的丝绸之路上，从长安到罗马，一路奔走着商队的骆驼和马匹。两千一百多年以前,汉朝就派张骞出使西域。新疆和田出产的玉石早就驰名内地。

有一座汉代的克孜尔尕哈烽燧,如今还站在库车县的戈壁上,诉说着时间的沧桑。

8 月 21 日

吐鲁番的火焰山,是孙悟空从太上老君的炼丹炉跳将出来,蹬翻了丹炉,几块滚烫的炉砖,夹杂着火星落到此地,染红一片山脉。就这样,火焰山成了唐僧师徒西天取经的拦路虎。

火焰山的沙子能烤熟鸡蛋,但不远处的坎儿井却是一个凉爽的所在。古代的智者想出办法,让高山雪水在地底下流动。领略完几千公里的"地下长城",一抬头,吐鲁番的葡萄已经挂上藤蔓,快来品尝吧!我们跳着、唱着:吐鲁番的葡萄熟了,阿娜尔罕的心儿醉了……

9 月 9 日

你能分得清楚哪个民族的小哥哥要戴白色小方帽,哪个民族的姐姐戴红色金丝绒圆顶花帽,哪个民族的阿姨喜欢在夏天穿上轻盈柔软的艾德莱丝绸?

和田的石榴熟了,各民族的团结也像石榴籽一样,紧紧地抱在一起。

10 月 1 日

"一唱雄鸡天下白,万方乐奏有于阗。"六十多年前,75 岁的库尔班大叔骑着心爱的小毛驴到北京看望毛主席。今天，我们去和田可乘坐汽车、火车和飞机，再也不用风尘仆仆风餐露宿啦。

10 月 30 日

塔克拉玛干沙漠在风的拂扰下不断移动，乘车在沙漠公路犹如荡舟大洋。这孤独沧桑的地方却站立着勇士家族，胡杨！它们坚毅沉默，号称"生而五百年不死，死而五百年不倒，倒而五百年不腐"。当秋色降临，胡杨树虽干枯龟裂，却顽强地伸展出璀璨金黄的生命。

11 月 3 日

喀什老城里不仅有现代化的生活设施，还有丰富多彩的维吾尔民族文化。聪明的阿凡提总是在我们犯懒犯困不动脑筋的时候转悠到我们面前，吹起他弯弯的小胡子，仿佛在与我们说说笑笑。

12 月 28 日

塔什库尔干的塔吉克姑娘在跳着鹰舞。雪山石头城之上，苍鹰在飞翔，岩羊在驻足，雪豹在腾跃。

1 月 7 日

魔鬼城里没有魔鬼，但处处是宝藏。在克拉玛依油田，阳光释放魔法，命令戈壁滩上的雅丹地貌刹那间霞光万丈。可可托海"三号矿坑"既是绿色的丛林，又是蓝色的河湾，记忆着一段奋斗的燃情岁月。

2 月 15 日

在热闹非凡的大巴扎，你可以吃到馕、大盘鸡、羊肉串、手抓饭、拌面，热情的新疆巴郎会对你竖起大拇指：亚克西！新疆饭菜最大的特点就是实诚，大大一盘让你吃个够。

3 月 3 日

巴音布鲁克大草原上的天鹅来了。今年秋天它们又会飞走，但那又有什么关系呢？来年的春天它们还会回来，歌声如春天一般流丽光昌。

3 月 15 日

知道地球的耳朵是哪里吗？罗布泊。有谁能说清这一大片已经干涸的盐壳下埋葬了多少秘密呢？在罗布泊的西部曾有一片生机盎然的文明，楼兰古国。据说本是沙漠里最繁华的地方，却在忽然之间消失得无影无踪。

3 月 27 日

来自北京的高铁，正在驶进乌鲁木齐站，在红山脚下，现代化的新疆首府乌鲁木齐，张开了怀抱，欢迎每一个来到这座城市的人们。国际大巴扎上空的鸽子也飞起来了……

青州徒步

山东青州过去是九州之一，和冀州、兖州、徐州、扬州、荆州、豫州、梁州、雍州一起称为九州。青州本来面积很大，后来逐渐演变为省城，自汉代到明代初年，青州都是山东地区的交通要道和政治、经济、文化中心。后来因为交通要道改变，演变为一座县级市。但青州名气很大，也依旧保持了她内在的雄浑和阔大，保存着她的丰厚的历史积淀和文化底蕴。

漫步青州，我觉得一山一城一馆，是到青州的朋友们一定要徒步领略的。这是青州最重要的符号，你看了这青州的一山一城一馆，起码可以说是来过青州了。

一城，是青州的古城。青州在几千年的发展史上，有多座古城，有广县城、广固城、南阳城、东阳城、东关圩子城、满城等等，分布在大小方圆100平方公里的范围内。青州古城在古代一般都借助河流的走向，取水方便而建。这里是大汶口文化的遗存地，还发掘出了龙山文化的很多陶器。那么，早期的人类的聚落，就形成了古代青州的城池。比较有特点的青州满城，是清代雍正皇帝钦点满族八旗子弟驻扎青州，专门设置了旗城，保留了大量的清代满族人的风俗、建筑、习俗、日用生活品。

现存最大的青州古城，是在南阳城基础上，于明清两代修建，建国后再次修旧如旧的一座城池。坐电瓶车在城内四下走动，进了青州古城，你会发现，这是一座活的古城。有很多古城的居民依然生活在古城之内，被高大的灰色城墙所包围，城市功能分区也很合理。路边游人如织，也有古装打扮的老人，在那里吆喝着卖东西。还有跳舞的，玩杂耍的，打把式卖艺的，还有艺人在拉着中国最早的弦乐器青州挫琴，还有人踢着回族的花毽子，一派祥和的景象。这里居住了三万人的回汉居民，相处融洽，是活的形态。古城之内，一个是衡王的花园偶园值得一看，原来是明代衡王府的东花园，后成为冯家花园，宅邸、宗祠、园林布局十分精巧，里面有很多太湖石，四块名石站立在那里，瘦、露、透、皱，非常好。秋天里，悬铃木和枫树的叶子都在萧瑟的风中垂落，铺展在地面上，一些画家在那里写生，此情此景是定格，是重现，也是时间在延伸向未来。古城内还有李成纪念馆，李成是唐代后期北宋前期的大画家，开一代绘画新风。另外，还有一座欧阳修的纪念馆，也在这青州古城中，欧阳修曾担任青州知州。

青州古城，鲜活的当代生活镶嵌在古香古色的建筑和城池之内，十分的贴切。

一馆，是青州博物馆。此前，我听说青州博物馆是县级博物馆里藏品非常独到精妙的所在，并不很相信。但一进入青州博物馆，看到很多大中学生在里面簇拥着来来往往，几乎是摩肩接踵的地步，就知道这里是一个好的所在。这是全国县级唯一一座一级博物馆，分为12个展厅。有陶瓷陈列厅、石刻雕塑陈列厅、玉器陈列厅、青铜塑像陈列厅等，至今唯一一件存世的状元卷子——明代状元赵秉忠的状元卷，就在这里保存。尤其是，1996年，当地在龙兴寺的地下发掘出了400多件佛教造像，这些从魏晋一直到宋代保存下来的佛教造像十分精美。流连在这些造像面前，你能看到这些造像极其生动，似乎能通过活的表情和你对话，诉说着时间的沧桑和中国文化的阔大。想着一千多年以前的北中国，从西到东，从西域到齐鲁大地，绵延八千里的佛教踪迹，在盛世和乱世里的兴衰沉浮，真是一部大书。青州龙兴寺发掘出来的这些佛教造像面部表情和身姿是千姿百态，好像是按照当时活着的人的面部身形来雕造的，栩栩如生，很多的罗汉、使者、观音、侍者，带着沉醉、安静、狂喜、谐趣、沉痛、自在的各种表情，有的甚至是滑稽、有趣、呆萌到了极点，跨越了时间的帷幕，和人们零距离接触。有的石头造像很大，比如墓地前的石翁仲，明代文臣武将很高大，气势恢宏。还有一尊佛头造像，很像电影《哪吒》里面那个哪吒，滑稽、疯狂、邪恶和童趣完美结合，简直像极了。

一山，是青州的云门山。我倒是听说过台湾有个云门舞，是舞蹈，但我还真没有听说过云门山。青州有四小名山，云门山、驼山、玲珑山、仰天山。我去了云门山，发现云门山很低矮，海拔只有432米。这么低海拔的山包，是不是连山都算不上啊？不，云门山不仅是山，而且还是一座名山。山不在高，"有寿则名"。因为这座小山上保留了很多摩崖石刻，在山体的悬崖峭壁之上，有一个远近闻名的大大的"寿"字。这个寿字写得遒劲有力，在山脚下就能看到，到了半山亭也是能看到的。这个寿字高达7.5米，宽3.7米，十分巨大，据说是明代人写的。青州在明代是衡王的封地，因此，有人专门给衡王写了这个字，刻在山石之上，衡王郊游的时候看到了，十分高兴。据说"寿比南山"就是从这里来的。当然也许是"寿比南山"这个说法在前面，有人利用了这个说法，在山上刻上寿字也说不定。山上还有一个寺庙，道观合体的庙，还有一眼石窟，叫作云窟，是山顶的一处石头缝隙，每年到了夏秋季节，洞中会冒出一些云雾来，云门山因此而得名，是能够看到云冒出来的山。

登云门山，看似胜似闲庭信步，实际上，也是一个攀登的劳累过程。拾阶而上，但见峰回路转，石阶是稳固的，山道两边都是茂密的松树和槐树，绿荫掩映，山风飒飒。只要你掌握了登山的诀窍，那么，爬山不仅是仁者爱山，也是智者的活动了。云门山半山还有一座亭子，十多分钟就会到达，在亭子里四下看去，视野顿时延伸开去，可以看到远处的青州被一片雾霭所覆盖。大地内部升起了一种冬天的雾气，使得城市被漫卷和覆盖。再坚持十多分钟，一气登到了山顶，果然气象万千，四下里一片开阔，青州尽收眼底，有了一种"我辈复登临"的豪迈气概。而山上的摩崖石刻和石龛里面的佛像，虽然有些在文革时期被毁坏，但仍旧能够让人联想到从西边的龟兹、敦煌、麦积山、云冈石窟，一直到这山东半岛上的青州佛像石窟，整个一条纬度线，这是从魏晋时期到宋代的千百年间，佛教东传的脉络线。

到青州最好的季节一般是春天和秋天。"烟花三月下扬州，长命求寿上青州。"登云台山看寿字，这是我想到的两句联句，写在这里当作广告吧。

宝箴塞与沿口古镇

一直没有机会去四川广安，可能也和广安的地理位置有关。在四川省的版图上，广安在东边，比较偏远，靠近重庆。我到过重庆很多次，东走西游，在大重庆的地界里也走过不少犄角旮旯，可就是想不到要去广安，因为那又是四川的地界。不过，广安的名气很大，因为邓小平就出生在那里。年底，恰逢纪念改革开放四十周年系列活动之际，四川作协组织了一次广安行，我这才很兴奋地前往了广安。去广安，先要飞到成都，然后从成都走高速，三个小时后就到达了广安。

初冬季节，在北方，早就万物凋零了，可广安却给我一片生机盎然的绿意。四川的很多植物，在冬季也是葱茏青绿的。我看广安还有一种气度，那就是气定神闲的气度，在城市的布局和构造，在广安人的生活节奏和面部表情，在广安文化的内在气质上，都体现出了这种气定神闲。整个广安放在欧洲，就是一个小国家，面积6000多平方公里，人口有五百万。这里的名胜古迹也很多。

来广安，自然要先去拜谒邓小平故居。等我们进到了邓小平故居的大门，坐在电瓶车上，我发现这里绿树成荫，电瓶车你来我往，游人很多。作为市民公园的邓小平故居，是广安市民的好去处。人们在这负氧离子十分充沛的地方走路，跑步，都非常好。可见，当地人把这里修建成了一座市民公园，我想邓小平老人家也肯定是高兴的吧。我们先是瞻仰了邓小平和蔼可亲的坐像，他的铜像坐在一张藤椅上，手指间夹着烟卷，似乎在唠家常，十分生动自然。我们一行敬献了花篮。接着，又参观了邓小平纪念馆，重温了他那波澜壮阔的一生各个阶段的历史功绩。后来，我们又来到了他少小时代就离开的旧居，如今，那几间屋子还保留着原貌，曾经的生活消隐在时光的帷幕里了，而邓小平的成长的身影，似乎还能依稀看见。来到邓小平的老家，对于我这个成长在改革开放年代里的人来说，算是满足了一个心愿，就是看看改革开放的总设计师邓小平的故居，不忘来路，缅怀改变了中国命运的历史巨人和伟人。三十年前的1988年，我也是在改革开放的背景下，被武汉大学以文学特长免试破格录取的，1992年本科毕业的时候，又赶上了邓小平南方谈话之后，整个社会有一种奔涌向前的生机与活力。所以，在这一个时间点，来到邓小平的老家看看，我的心也格外地感到亲切、激动。

第二天，我们去了蜀中一绝的武胜宝箴塞参访。武胜县宝箴塞乡的宝箴塞，是个石堡寨子，它是一座建筑在山地的私家山寨。

下了大巴，我们拾阶而上，沿着小道，进入到寨子里，就发现这个石头寨子防御十分严密。宝箴塞的建成历史并不长，从清末辛亥年到如今，也就是一百年出头，但经历了风雨，却保存完好，世所罕见。建造这个石头寨子的人，是清末当地的富豪段襄臣，他费尽心力，经过了四十多年的修建，两代人一起努力，终于把这个石头寨子建好了。我们可以想见，从1911年的辛亥革命清帝退位，一直到1949年中华人民共和国建立之间这段时间，北洋军阀、民国动荡，川东地区一定是不很安定，甚至是匪患频仍的。不然，大户人家段襄臣怎么会想到建一座防御性极好的石头寨子，来保护家族的安全呢？

这个宝箴塞，一进去之后，我就发现真是曲径通幽、柳暗花明，到处都是机关，外面的人进来很难走出去，里面的人防御起来处处都可以设置陷阱和圈套，随时都能出其不意地给来犯之敌以防不胜防的打击。上上下下，来来回回，我们仔细地在宝箴塞里走了一遭，发现宝箴塞有4个院子，8个天井，还有108个房门，房屋之间互相连接，是中国庭院式结构的复杂连接。厅堂连着长廊，住房连着伙房，还有戏楼、仓房、厕所和消防水池，一应俱全。假如外面有坏人包围了宝箴塞，在里面挺上几个月，是没有问题的。

我观察到，宝箴塞的建筑设计是因势利导，易守难攻。建筑布局有方形的，有三角形的，还有菱形的，不一而足，防御体系有长达一千多米的坚固高大的寨城墙，还有炮楼。有高达四层的瞭望孔，还有很多射击孔，密布在顶层的防御长廊边，射击孔的开口很狭小，分布十分精心合理，没有射击死角，即使来犯之敌从墙外登云梯上来，也有射击孔能够进行狙击。南北两道塞门坚固不可摧，进来之后就是瓮中捉鳖了。在这个石堡要塞的下面，还有一个生活区，一旦警报拉响，安闲生活的段家老小，就可以立即跑向高处的宝箴塞的石堡里躲起来。这样的设计天衣无缝，令人叹为观止。和山西的乔家大院、王家大院相比，这宝箴塞偏重于防御的设计，是独一份儿，是四川偏远地区的山地富户求安全，保平安的重要保障，也是建筑学家对民居和要塞、石堡建筑理念的一次综合体现。

出了宝箴塞，可以看到一团团薄薄的雾霭笼罩在四周，渐渐地把宝箴塞又掩盖起来了，就像这石头寨子又消失在了历史的风云里一样。

下午，我们去了武胜县的沿口古镇一看究竟。沿口古镇就坐落在嘉陵江畔，嘉陵江此时的水势浩荡，气势雄伟，江面很宽，可以遥遥地看见两岸山峰对峙，一条大江穿过山峰弯曲而行。就在江边的高地上，分布着一座千年古镇沿口镇。

下了大巴，在沿口古镇一路走着，感觉到这里民风朴实，生机盎然。古镇建于宋代，依山而建，生活气息十分浓厚。在古镇的小街上走，可以看到这座古镇有着长长的巷道，两边的房屋都是木制建筑，似乎是很热闹地靠在一起，挤挤挨挨的，小街或者巷道很长，就这么蜿蜒下去了。我们走着也感觉走不到头，一问，才知道这巷道小街有好几公里长呢。两边的房屋下面都是人，人声鼎沸，鸡犬相闻。这沿口古镇刚好处于嘉陵江一段水势平缓的地段，是一个天然的良港所在地，所以自古就是渡口和港口，人来人往很热闹，也就财源茂盛达三江了。从古至今，船只往来，北面秦地的药材，东边湖湘的棉纱，西边内江的白糖，四下的货物集中在这里，又重新发散出去。

在沿口古镇，沿着半边街走着，脚下踩着明清时期的石板路，我能够看到招牌林立，尤其是当地的美食特色鲜明：有麻辣牛肉、三八汤、渣渣鱼、大河鱼、豆花饭、豆腐干、川东凉粉、烧泥鳅、辣火锅烧盘鳝、麻哥面、熬皮蛋、麻油豆花、椒麻鸡、辣烧鸭、血豆腐，各种香味扑面而来，混杂在一起却各是各的味道，一闻就知道是什么菜。哎呀，真的是令人垂涎欲滴啊。

这半边街的房子大都是二层吊脚楼，楼下是商铺店面，楼上是住家。走着走着，我看到左手山坡上竟然还有一家清真寺，就很好奇，沿着台阶走上去。果然是一座清真寺，叫作马家清真寺。原来沿口古镇还生活了很多回民，这里是广安区域之内最大的回民聚集区，回民移居这里，最远可以追溯到明代。马家清真寺始建于清乾隆年间，闹中取静，在清真寺门口我看到了一个回族长者，白胡子飘飘，就问他可以进去参观吗？他说，可以的，进来吧。我在新疆生活多年，作为汉族，我知道假如你不是穆斯林，是不能随便进入到清真寺里的。进去之后，能够看到不少有关国家民族宗教政策的招贴等等。清真寺里面十分安静，我由此能够想象到在这里回汉民族的和谐相处的情景。

出了清真寺，下了坡，继续走，能够闻到酒糟味儿，这里还保存着手工酿酒作坊，一家小酒厂就在附近。走过去，看到石板路下面溪水在流，小酒厂里面有人在投料，发酵之后的粮食散发着酒的芳香。进去之后，申请尝尝新酿的酒，一个工人立即好客地在一个蒸馏罐边上给我接了一点新酒，果然是火气很大的好酒。

翻阅史料，我知道了沿口古镇还和一场很有名的战役有关，那就是，钓鱼台之战。公元1257年，成吉思汗的孙子、蒙古大汗蒙哥亲征四川，宋军将领王坚率领十多万军士，死守武胜下游的合川钓鱼城。蒙哥在沿口镇建立了武胜军，意思是志在必得，一定取胜。结果，几番交战，蒙哥忽然死在了钓鱼城之战当中。传说他是被流矢击中受伤而死，还有一种说法，是宋军的抛石机摧毁了高高的瞭望木车，而恰巧蒙哥正在瞭望车上观察敌情，结果掉下来摔成了重伤，很快就死了。

主帅一死，蒙古大军军心涣散，不得不立即败退，蒙哥的弟弟忽必烈下令长江沿线部队北撤，他要回去和阿里不哥争夺大汗之位。而向西征伐的蒙古军队也被下令撤回来。由此使得当时的世界史发生了一些微妙的转变。这些情况，历史学家有很多的说法。那么，沿口作为合川上游的重要古镇，当时所起的作用就是蒙古军队兵员和军需粮草的重要集散地。后来这里叫作武胜，就和蒙哥给自己的部队起名武胜军，有着直接的关系。

在沿口古镇走了一遭，似乎看到了宋代的繁华，明清的古韵，中华民国的缭乱，和中华人民共和国的日渐繁荣。历史的风云再变幻，普通人的家常日子却依旧是红红火火。鸡犬相闻，大江东去，广安如此美，如此气定神闲，这四川的好河山，我以后还要来看看。

雨中登鱼山

　　虽然乘坐高铁前往山东非常顺畅，但山东有些犄角旮旯，似乎高铁还到不了。这次我受邀去东阿县，我就动心了。

　　我没有去过东阿，一查地图，发现东阿距离济南很近，只有一百多公里，但不通高铁。从北京出发的高铁到达济南站不到两个小时，下了高铁，外面是雨雾濛濛。上了一辆大巴，和众位作家友人一起前往东阿，一百公里的路，走了两个小时。原来，东阿到济南的路比较难走，走高速要绕远，走省道，红绿灯又多，碰上天气不好，车子就走得很慢，简直就是龟速了。好在终于在晚饭之前到达了东阿。

　　第二天上午是山东文学杂志社的颁奖活动，看到了不少熟人，尤其是张炜老师，我们才一起在汉城参加了中日韩三国文学论坛。见面后十分欣喜，此前我刚刚收到人民文学社出版的他的名作《古船》的手稿本，又厚又大的一本书，十分高兴。见到张炜老师精神很好，目光犀利，很有神采。这次山东文学杂志社的活动，刘玉栋主编张罗请来了不少文朋诗友，大家相聚，十分快活。

早就知道东阿有阿胶，阿胶是驴皮熬制的中华传统养生医药中的佳品。此外，东阿还有一座曹植墓。杂志社的颁奖会结束之后，我们就前往曹植墓的所在地鱼山探访。

鱼山位于黄河之滨，离东阿县城十多公里，距离黄河河道更近。这一天，下着濛濛细雨，天公作美啊，在这样的日子里下点雨，十分适合我们拜谒曹植墓的心情。到了鱼山，就看到鱼山其实就是一个小山包，东、南侧有黄河和小清河萦绕着，地势很好。我们到达时是在上午，这一天没有其他访客，因此，进入到鱼山曹植墓的前院，四周十分安静。过了一会儿，雨大了，淅淅沥沥地下着，打在雨伞的上面噗噗崩啪直响。一条长长的步道，引领我们走向曹植墓。一个圆形的坟墓，就是曹植墓了。墓前有石碑。解说者是东阿的一位学者作家，他很熟悉鱼山的情况。不过，他的山东方言可能有些人听不太清。我感觉空气十分润泽，雨水让今天的活动有了一些肃穆和凄清，似乎暗含着曹植的命运。不过曹植这个大才子的命运其实并不悲惨，曹丕本来想杀他，可相传他作了七步诗之后，就留下了一条性命，后来比曹丕还多活了六年。

那个作家介绍说，鱼山，还有一个名字叫作吾山，可能山东话说起来，吾山就成了鱼山了。鱼山是泰山向西延伸的余脉，海拔很低，只有八十几米，附近方圆几百里，就这么一个小山包。所以曹植墓选在这里，也是很有意思的事情。曹植墓始建于公元233年初，也就是在他死后不久就建成了。并未迁建。曹植跟随父亲曹操南征北战，曾经参加过平定冀州的战役，因天资聪颖，文才武略齐备，很受父亲喜欢。后来被父亲封为平原侯。这时他的身边聚集了一批文士，摩拳擦掌要争太子位。而曹操也一度想立他为世子，后来，还是曹丕更狡猾，更有谋略，取得了父亲的信赖，最终获得了世子之位。曹操病逝之后，曹丕接受了汉帝的禅让，自己称帝，就开始对曹植下手。他先是剪除了曹植身边的文士谋士集团，然后，又不断改变曹植的封地，让曹植根基不稳，心态浮泛，到处迁徙。这样一直到公元232年，曹植又被封为陈王，再次迁徙到陈阿，也就是现在的东阿。实际上，这时曹丕已经死了，但曹植仍处于被流徙和监视的状态中。曹植此时已经没有了任何政治抱负，他忧伤愤懑，写诗、搞乐府音乐，将文学和音乐打通，自娱自乐。最后于这一年的11月去世，葬在了陈阿，也就是现在的东阿鱼山。

曹植才高八斗，是建安时期最有文才的人之一。他写了很多诗文，现存的宋代人编辑的《曹子建集》，收录了曹植的赋四卷、诗一卷、乐府一卷、文四卷，可见他涉猎很广，文体上纵横四达。曹植留给后世的名篇有《七步诗》《洛神赋》《登台赋》《游仙诗》《箜篌引》等等，脍炙人口。

在雨中，我们向曹植墓的右侧行进，沿着一条小道缓缓向山上走。我看到在墓右侧的松柏林里，立着很多石碑。仔细观瞧，竟然都是日本人立下的。原来，日本佛教音乐人士将曹植视为东亚佛教梵呗音乐的创始人，常来拜谒。这一点是我过去并不知道的。仔细看那些碑文，都是汉字书写，可见曹植在文化史上的独特地位——他不光诗词歌赋文章写得好，梵呗音乐搞得也很好。此外他还是中国杂技艺术的鼻祖，可见他少年时是多么的顽皮可爱，才高八斗，又会玩儿，才能把玩儿做成一门艺术。佛教音乐十分广博，其中和诗歌较为贴近的叫作梵呗音乐，曹植就是梵呗音乐的创始人，因此，鱼山就是梵呗音乐的发源地，这里也就成了梵呗音乐的祖庭，难怪日本佛教界人士会前往鱼山，拜谒曹植墓。

冒着雨拾阶而上，别有一番韵味。细雨洗蒙尘，青山格外清。可以闻到空气里的植物所释放出来的气息。不一会儿，我们就登上了鱼山山顶。濛濛细雨中，看不清四下远景，但见近景中，不远处的山麓下，有一座新庙宇建筑巍峨辉煌，飞檐斗拱，有脚手架围着，还在施工状态。可能是有人在这里建筑寺庙。黄河河道距离鱼山不远，天气好的时候，能够眺望得到。今天是看不见了，只见灰蒙蒙的雨幕遮蔽了一切。鱼山山顶光秃秃的，有一些小树，似乎还有些建筑的桩基痕迹，显示了这山顶上曾有建筑遗迹。其实在鱼山山顶建筑纪念祠堂很好，希望今后能够复建。

我们踩着被雨水打湿的青石板路继续走，就走向了下山路。两边的树高过人的头顶，看不见远处，雨声密集起来了。下山的路是曲径通幽，蜿蜒而行。一路走下来，我们就画了一个圈。从曹植墓作为起点，沿途有碑林，有子建祠、羊茂台、洗砚池、梵音洞、观河亭、穿阳洞、隋碑亭等等小景点，悬崖上还有摩崖石刻。据说，这里还有龙山文化遗存。下了山，我们在旁边的纪念馆看了看。我看到墙上挂了几幅和曹植有关的诗赋的书法绘画作品，选择的都是他比较通俗的作品。如他的《美女篇》，就十分晓畅通俗：

美女妖且闲，采桑歧路间。柔条纷冉冉，落叶何翩翩。攘袖见素手，皓腕约金环。头上金爵钗，腰佩草琅玕。明珠交玉体，珊瑚间木难。罗衣何飘飘，轻裾随风还。顾盼遗光彩，长啸气若兰。行徒用息驾，休者以忘餐。借问女安居？乃在城南端。青楼临大路，高门结重关。容华耀朝日，谁不希令颜？媒氏何所营，玉帛不时安？佳人慕高义，求贤良独难。众人徒嗷嗷，安知彼所观。盛年处房室，中夜起长叹。

曹植盛年时期被迫到处迁徙，封地不断变化，他想到了自己生命中的某个美人，这首乐府诗的场景，最后是美人半夜起来独自长叹，那何尝不是曹植自己的写照呢！写美女的诗篇，这一首是十分著名的，因此，也挂在了曹植纪念馆的墙上，由当代人楷体书写，每个进来参观的人，但凡有点文化，就能读懂，朗朗上口，就会大笑不止了。因为，没有哪个人不喜欢美人的。

其实，我更喜欢曹植的另外一首诗《白马篇》，那是曹植的早期作品，在这首诗中，白马和英雄是诗中的主角，浩荡之气和游侠之风充溢其间：

> 白马饰金羁，连翩西北驰。借问谁家子？幽并游侠儿，少小去乡邑，扬声沙漠陲。宿昔秉良弓，楛矢何参差。控弦破左的，右发摧月支。仰手接飞猱，俯身散马蹄。狡捷过猴猿，勇剽若豹螭。

> 边城多警急，胡虏数迁移。羽檄从北来，厉马登高堤。长驱蹈匈奴，左顾陵鲜卑。弃身锋刃端，性命安可怀。父母且不顾，何言子与妻。名编壮士籍，不得中顾私。捐躯赴国难，视死忽如归。

在《白马篇》中，一个游侠的形象脱颖而出，他身骑白马，视死如归，饥餐胡虏肉，笑饮匈奴血，曹植写出了大汉征伐边地的豪壮气质。像我这个出生在新疆的汉族人，就更是有所体会了。

离开了曹植墓所在的鱼山，坐在车上，我想着曹植的命运，眼前浮现的是鱼山的整个形状，很像是一条黄河大鲤鱼，躺在黄河边上，难怪它叫作鱼山。

津南葛沽一瞥

有句老话叫作京津一家，说的就是北京和天津本来就是一家。这两个兄弟城市，距离不远，体量相当，在近现代史上关系深厚。现在，由于有了高铁和多条高速公路连接，北京和天津的距离一下子变得非常近，比方说高铁只要半个小时，汽车一个半小时就到了，跟我在北京城里上班来回时间差不多。北京人去天津，也就是周末去朋友家串门，十分的方便利索了。

说到了京津冀的文化，还有一句老话叫作"京油子、卫嘴子，保定的狗腿子"，说的是京津冀三地人的脾性。京油子，说的是老北京人的狡黠油滑，卫嘴子，说的是天津人的能说会道，保定的狗腿子，说的是河北人的能伸能屈。但这话多少带点贬义。

现在，京津冀一体化是国家的战略，这三地之间的你中有我、参差互动、比邻而居、共谋大计，肯定是大融合大发展了，京津冀的人口流动也就会更多更广了。据统计，当代北京人中间，原籍河北的人口最多。

天津人和北京人都能说会道，现在北京人去天津，一是吃海鲜，二是听相声。我记得前些年我就常到天津听相声，有些女相声演员给我的印象很深。由于天津是近代史上的风云城市，开埠较早，这里的西餐厅也不错，我就有朋友常常到天津吃西餐的。起士林的西餐有名，五大道还有几家不那么有名的小餐厅更好。

这个周末，我白天还在开会忙活，到了傍晚，坐着高铁，我就到了天津津南的葛沽镇了。查阅字典，对"津"字的解读是：渡口。原来，天津就是天边一渡口的地方。好了，天津说白了，这城市的起源，就是一个大码头，大渡口。可陆地上的人到了这里，往哪里渡呢？前往大海上。从天津出渤海湾，就是茫茫大海了，可以向北、向东、向南，向那大海展开了她宽阔胸怀的远方而去。因此，天津这里注定是和大海有关的城市。

天津是个大渡口、大码头，这里带"沽"的地名也特别多，比如汉沽、塘沽、大沽口，葛沽、南涧沽、大北涧沽、后沽、西大沽、东大沽、里自沽、八道沽、盘沽、泥沽等等，我查阅新华大字典，是这么解释"沽"的：沽，"本义是水名，即白河，在天津北塘入海，所以'沽'又作为天津的别称。"在清末，天津诗人樊彬写到："津门七十有二沽，大波小波通水渠。"

沽还有一个古代的解释是卖酒的人。

根据考古学家的考察，在葛沽镇一带，西汉后期就已形成自然村落，现存邓岑子古贝壳大堤的发掘，展现出了人类生活的面貌——贝壳堤，全是海洋生物的贝壳类，这里就是古代的海岸线。可见这里的人以海为生、靠海吃海，是自古有之。海水是咸的，那晒海盐产业，也是这一带的人谋生的手段。北宋时期，这里因为建有宋军卸辽"塘泊防线"最东端的军事砦铺——鲛鲚港铺，而载入军事专著《武经总要》。约在宋代，这里逐渐形成了镇的规模，自宋以来，葛沽已经延续千年，是北方千年名镇之一。一开始叫作蛤沽，后来海河（就是沽水）北移，蛤沽也北迁了，因此，改名为葛沽。

我到了天津津南区的葛沽镇，首先就注意到了这里的妈祖文化。我看到了宝辇里的妈祖娘娘塑像的时候，联想到了很多。我没有想到的是，在北方重镇天津，也有南方妈祖文化的遗踪，而且，还在这里持续和发扬光大，并且在葛沽形成了独特的宝辇文化。很长时间里，我都以为，妈祖文化就是福建、台湾、广东、海南一些省份和地区的文化，没有想到，天津也有。在葛沽的东茶棚的天后宫娘娘庙，就是祭奠妈祖的。葛沽文化最重要的一个特点，自然就是海洋文化带来的妈祖文化，从南方传来，由那些南来北往的、谋生活的海上商贾和渔民们带来的。妈祖实有其人，她叫林默，是在宋代出生于福建莆田，公元987年去世之后，被尊为海神，建立了祠堂，由此，她作为沿海一带的保护女神，逐渐形成了地方性的民俗宗教文化。妈祖是保佑出海渔民和子民的人神，带有母性和女性的祈福安康、保佑平安的文化，逐渐变成了民间信仰的宗教样式。

在葛沽，包括妈祖文化在内的众位女神祭祀礼仪，演化成了一个与庙会结合起来的宝辇会，就是每逢春节期间，将妈祖娘娘从庙里请出来，放到华美的宝辇里，由人抬着走，走街串巷，热闹非凡。在原来的葛沽天津津南的娘娘庙里，一共供奉了十四位娘娘，宝辇会要请出来不少娘娘。这些娘娘，除了妈祖娘娘、三霄娘娘还有治疗眼病的眼光娘娘，还有送子娘娘等等，都是寄托了人民生活的美好愿望的象征性偶像。

当地的作家告诉我，葛沽宝辇最初产生于明代嘉靖年间，那个时候，从南方前来北方的运粮漕运船只到了葛沽，都要采办北方的货物，停留时间比较长，他们就拜祭妈祖，用滑竿抬着从船上带来的妈祖娘娘的塑像，在葛沽街道上鸣锣开道，四下活动。他们不仅自己祭拜妈祖，也接受前来礼拜的当地居民敬献的香火，久而久之，就成了一种风俗。

也是在嘉靖年间，葛沽巡检署的一位官员，他叫黄白虹，看到渔民商贾们用滑竿抬着妈祖娘娘的塑像在走街串巷，接受香火，觉得不很雅观，对妈祖娘娘也有怠慢和不敬，就把自己的轿子让出来，让妈祖娘娘塑像放进去。

这就是宝辇的最初雏形。也有传说是渔民把妈祖娘娘塑像放在供桌上抬着走的，被一个张姓大商人看见了，想了制作轿辇的办法。总之，后来又经过了改造，加上一些富人之间争相比拼，都争做宝辇，葛沽宝辇争奇斗艳，异彩纷呈，各有特色，华丽辉煌，细致入微，变成了每年春节从大年初六开始一直到大年十六元宵节，和灯会、庙会一起，宝辇会成为了葛沽数百年之间最重要的民间文化活动。现在，每年春节你要是想去天津转一转，我就建议你去葛沽看看这个宝辇会和花灯会。

在葛沽，我在寻找着文人士大夫的踪迹。我对康熙、乾隆到过葛沽没有什么兴趣，我对一个明代大臣在这里的活动很有兴趣，他就是明代礼部尚书、文渊阁大学士徐光启。这位写过《农政全书》的人，每当在朝廷里受到了排挤，就告病来到葛沽休息一段时间。他在葛沽先后来了四次，加起来，有四年的时间。

在葛沽居住的时间，徐光启看到，葛沽到处都是海水侵蚀的盐碱地，水稻产量低、米质差，就想到了"南种北引"，他让当地官员想办法给他买了两千亩试验田，开始进行南种北引的实验了。他在这两千亩试种的农作物品种繁多，有水稻、小麦、高粱、红薯、大麦、豆类，还引种了萝卜、白菜、菠菜、韭菜、芫荽，结果实验效果不错，收获很多。他将自己种的粮食蔬菜的收获，都送给了附近的贫穷人家，周济百姓。据载徐光启也将收获出售、酿酒，他要养活南方雇工。

其实，早在徐光启之前，葛沽水稻的种植，是由明代万历年间天津巡抚汪应蛟推动的，在公元1600年，他就下令驻防葛沽的士兵，以淡水冲洗盐碱地，种植水稻五千亩，获得了成功。

而徐光启种植农作物，也曾经遭到了蝗虫、海水侵蚀和大旱的灾害，但他沉着应对，仔细观察，将如何消灭病虫害、抵御旱灾风灾和海水侵蚀的情况，写进了《农政全书》里。他试种的"白玉堂（塘）"品种的水稻获得了成功（也有一种说法是，白玉塘这个品种是汪应蛟引种的），成为明清两代当地出产的著名农作物。

葛沽的水稻除了白玉塘米，还有葛沽香粳（杭米）、葛沽红稻，各有特点。后来，闻名的小站大米，是不是也和徐光启在葛沽种的稻子有关？不过，现在因为土壤、气候和水质的变化，天津小站大米，已经不如东北大米有名了。估计问题还是出在水质上。

2017年7月，传来了一个消息，天津葛沽镇被列入了全国第二批特色小镇，这使得天津的特色小镇达到了五个。

这肯定是葛沽镇的一件大事，因为能够列入全国特色小镇目录里，不仅国家发改委能够有专项资金支持，住房建设部也有政策性金融支持，中国农业发展银行、国家开发银行等都有相应的金融支持，葛沽将迎来很大的发展机遇。

我想，葛沽镇之所以能够和其他四个小镇一起，成为天津仅有的五个特色小镇，与葛沽的历史文化传统的深厚有很大关系。因为葛沽是北方妈祖文化之乡，还有历史上的水流三带、九桥十八庙的景色，以及漕运文化、海盐文化、滩涂文化等等。如今，葛沽还是滨海新区范围里的特色小镇，滨海新区肯定还是天津的重要发展地带。作为一个港口城市，靠近大海之处，就是这座城市的飞升之地。

我记得，特色小镇的规划和发展缘起于浙江，因为，在浙江的山水之间，至今有不少基础良好、生态良好、环境优秀的小镇存在，白墙灰瓦，流水潺潺，绿树浓荫，非常安静美丽。我觉得，特色小镇建设，是解决大城市病的一个手段。曾几何时，大城市的快速发展和扩张，挤压了小镇和乡村的空间。现如今，超过一千万人口的城市在中国有六座，超过五百万人口的有二十座，城市早就不堪重负了，环境污染、交通不便，医疗、教育、住房问题很多，那么，发展特色小镇，是一个很好的方向。

　　葛沽镇由此迎来了新的发展机遇和空间，希望葛沽会越来越好。

第二辑

泰顺的廊桥和兰草

温州市泰顺县在浙江最南端，再往南就是福建了。从温州出发，一个多小时就到泰顺了。转过几个山角，温州郊区那工业区的空气污染就不见了，泰顺的阳光透亮，空气纯度很高。这对于我们这些来自雾霾频发地的北京人，是很高兴的事情。现在，每次雾霾扑面，我就想着躲到别处去。那么，去哪里呢？现在看来，泰顺也是一个好去处。

泰顺养在浙南山中人未识。泰顺的自然环境好，如今变成后发优势了。不光是空气质量高，还有食物也很好，大都是就地取材，制作工艺独特。不过，我不想说泰顺的吃，想说点别的。在爬泰顺的大山时，我听说这里还有野生兰花，就动了心思，想挖一株回去。我母亲是一个种花狂，家里到处都是她种的花花草草。她种花草不讲究，什么都种，有的甚至是她从广州带回来从路边挖的。我老想给她升级换代，带她去莱太花卉市场和花乡的花卉大棚，看这个看那个，那么多万紫千红，她都无动于衷。对于一个自小在农村长大的老太太，家里没有让她种上麦子稻米，已经是万幸了。好在前年我在海南昌江县，偶然在爬山的时候挖到了一棵野生兰花，做了一回盗花贼，带回来献给老妈，被她种活了。她还学着嫁接到其他兰花身上，种出来一些奇怪的兰草。

沿着山路走，我果然在路边发现了一棵兰草。那棵兰草细长的叶子，很像是从宋画里走出来的，婀娜文雅，又野趣横生。因为要继续爬山，我就做了地点标记，打算下山途中再挖出来带走。两个小时后我们下山途中，我到了那个做标记的地方，可怎么都找不到那棵兰草了。我来来回回在林子边仔细搜寻，可就是没有那棵兰草的踪迹。这就奇怪了。

同行的当地朋友说："兰花是有灵性的，是仙草，知道你要带走它，就自己跑了。"我惶然大悟，这有灵性的兰花！看来真是不愿意去北京被我妈栽在盆子里，它自己逃跑到更深的密林里了。

下了山，在山脚下一个村落边的饭馆里喝茶。这茶一喝，就发现与其他我喝过的所有的茶都不一样。茶水的颜色是淡绿色的，跟绿茶一样，可是味道是大相径庭，喝起来那种清新、爽朗、甜美，与所有的茶都不一样。这是不是当地产的绿茶呢？我问了一下店家。人家告诉我，这种茶叫作"小青"。但"小青"不是茶叶，而是一种山里的野草，也可以做药，清肺败火，也可以当茶饮。但不是茶叶，没有茶树，是草本的。我明白了，原来，"小青"不是茶叶，是山中的一种野生草药。

后来，在泰顺的几天里，我走到哪里都能喝上"小青"，喝"小青"成了我在泰顺最重要的舌尖的味道，记忆中的回味。"小青"那种独特的、我很难形容的味道，实在令人难忘。二是这个名字——"小青"，听着像一个蛇精美女的变形，又像村里河边长大的姑娘小芳，再就是像自己的邻家妹妹。我喝"小青"，就这么喝出了无限的遐想。

泰顺还有一种温泉，叫作氡泉。氡泉氡泉，自然是泉水中含有氡这种元素。我们知道，好的温泉有硫黄味道，这氡是个啥东东，不很清楚，需要去查字典。但泰顺的氡泉很好，是当地人都知道的。泰顺的氡泉藏身于氡泉大峡谷中，这个泰顺的大峡谷，方圆几十里都是山林，景色秀美，山川清雅，时不时还可以看到悬崖上飞出黑色的鹰。山林里，到处都是流泉瀑布，飞鸟入林，一派无人搅扰的自然风貌。而从地底下冒出来的氡泉，能够让远来的客人一洗风尘，解除疲乏，有高血压、糖尿病、内分泌失调、神经衰弱、风湿病、皮肤病的，都治疗。我看泰顺的温泉宾馆，接待能力不低，建设的条件比县城里的宾馆要好很多，这氡泉应该是泰顺很重要的旅游资源。百般烦恼，一洗了之！

最后，要说到廊桥了。我第一次听到泰顺，是看到清华大学陈志华教授搞的乡村建筑调查计划中所出版的一本书《泰顺》，里面专门介绍了泰顺的廊桥。廊桥，我们很容易与一部美国文艺片《廊桥遗梦》联系起来。不过，中国的廊桥，是带有民族特色的，泰顺的廊桥比美国电影里那个廊桥，要好看多了。我两次来到泰顺，看了泰顺的十多座廊桥，可以说是蔚为大观，精美绝伦，还带有生活的实用性，建筑的独特性，和文化记忆的永恒性。想想吧，几十年过去了，两个老人见面，还能回忆起他们在廊桥上相遇时说的话，那是一种什么感觉？再说了，关于廊桥，还可以有许多故事，甚至是爱情故事。我走过廊桥的时候，就看到了一个尼姑站在廊桥的窗口，呆呆地望着河水和廊桥外面的风景，只把一个轻灵的背影留给了路人，那她在想些尘世间的什么往事呢？又有谁能知道？

廊桥的前身是矴步桥，也就是在浅滩河水和溪流中分布的桥桩子，是石头的，人可以踩着过河。矴步桥宛如琴键一样等距离排列在水面上，又名"琴桥"。最有名的矴步桥，是泰顺东溪的大矴步桥，一共有126块，全长70米，十分壮观。

作为中国廊桥之乡，泰顺的廊桥保存得比较完好的有近20座，都是宋代建制，大部分建于明清和民国的古桥建筑。泰顺的廊桥分为三类，一类是八字木拱桥，横跨在河流之上，像个"八"字，还有一类是木平廊桥，没有拱起。第三类是石拱廊桥。廊桥廊桥，自然是有廊也有桥。有廊，就是说都有一个带有飞檐的走廊，有廊桥的桥顶，就可以遮风挡雨，避暑纳凉。桥的功能，一般是用于人通行于渡口，这泰顺的廊桥不仅用于通行，还可以用来交际，聚会，买卖小商品，观景，成为了具有实用功能的多种用途的文化建筑，这是泰顺廊桥最重要的一种特色。

我看泰顺的廊桥，最漂亮的，还是北涧桥。北涧桥是红色的木制廊桥，廊顶是飞檐屋脊，还有两条龙在戏珠，并有凤来栖。桥边有两棵数百年的大樟树，树影婆娑掩映在清澈的河水上，红桥、绿树、清水、蓝天、白云，共同营造出一种诗情画意和安居乐业的景象。

想到了泰顺，我就会想到那株逃跑的兰草、小青茶的味道、氡泉，还有廊桥。

洪雅的藤椒

　　我对人的日常生活中使用的各种香料和食物佐料，一直很有兴趣，在超市里，我最喜欢逛的，就是放这些东西的货架。而且，我会仔细地琢磨这些东西给人的舌头带来的感觉，根据不同的产地和效用，来想象不同地区的人使用这些调味料和佐料，它们带给人的，到底是什么感觉。这主要涉及到了人的视觉、味觉、嗅觉，进而涉及到了生活本身的味道和幸福感。因为食物是人赖以生存的东西，和食物有关的感觉是幸福感的基础。可见，这香料、佐料，已经不单纯是一种物质了，它还与精神有关。

　　食物配料很丰富繁杂，其中孜然和花椒是我最喜欢的食物配料。孜然又名波斯小茴香，在中国西部地区的烤肉和菜肴的烹制过程中，要使用它。孜然的味道香鲜而奇特。

　　花椒，似乎在我们的生活中更为常见，是最主要的几种配料。花椒以红色居多。这次来到了四川洪雅，看到当地生产一种绿色的花椒——藤椒，觉得很不错。藤椒油所淋制的凉菜，麻，鲜，香，嫩，滑，味道非常清爽提神，在主菜上来之前，吃点拌有藤椒油的凉菜，令人胃口大开。接着，有麻椒做配料的水煮鱼，更是鲜美异常。饭后，我们参观了洪雅"幺麻子"牌藤椒加工厂，了解到藤椒的制作工艺，藤椒油的提炼过程，这个过程完全是流传很多年的传统工艺，在藤椒的采摘时间、鲜果的保存、藤椒的挑选、萃取藤椒油的火候，都有一套严密的技术要求。在工厂的旁边还建有一座花椒博物馆，陈列了各种花椒的相关物品，我算是加深了对包括藤椒在内的花椒的认识。

我闻到了青椒的香味，感觉到青花椒比红花椒更给我带来了一种神秘和清新的感觉。我在北京吃过一种水煮鱼，放的就是青花椒。我想仔细地观察一颗青花椒，或者又叫作洪雅麻椒。我就问幺麻子品牌的加工车间的师傅要了一袋青花椒，取出来看了看。这青椒一般有两三个上部离生的小蓇葖果，集中生长在小果梗上，蓇葖呈球形，沿腹缝线裂开一道纹路，一般的直径在三四毫米。一颗青花椒的表面看上去，是灰绿色或暗绿色，散布了几个突起的油点，以及细密的网状隆起的皱纹。掰开来，可以看见青椒果实的内部呈现出类白色，十分光滑。

四川洪雅的青花椒，一般当地人叫作藤椒。藤椒的颜色比普通青花椒要浅，味道却比一般的红花椒更强烈。四川洪雅的花椒种植历史悠久，古称"贡椒"，自唐代元和年间就被列为贡品，长达一千余年，史籍多有记载。

花椒属于落叶灌木，用作调味料的，主要是其果壳，花椒油是花椒的提炼物。一般人家，在做饭的时候，主要使用花椒去遮蔽和清除鱼类、肉类的腥气，而人只要是闻到了花椒的香气，就会食欲大开，唾液横流，因为，花椒能使人血管扩张，降低血压，增进食欲。

此外，花椒还是一种中药，并且可以加工成肥皂。我国的川菜谱系对花椒的使用很频繁，这些年川菜口味成为国人的主流口味，川菜中，一般都是以麻辣入味，这麻辣中"麻"字，就是花椒带来的味道。因此，花椒也成了世界级的调味品。可见花椒之重要。

我国产花椒的地方很多，种类也很多。花椒主要分为红花椒、青花椒、白花椒、山椒等等，分布的区域从东南省份的江苏、浙江，一直到西南的四川、贵州、云南和西藏东南部。西北地区，如陕西、甘肃、山西、山东等地，也都产花椒，其中，比较好的花椒出自甘肃天水，古代典籍中有"秦椒出天水，蜀椒出武都"的记载。

花椒在国外主要产自南美洲，至今还有一些品种在野外生长。而且，花椒还属于那种能够在房前屋后种植的灌木植物，种在房前屋后，家庭主妇可以随时取用，十分方便，花椒的枝蔓婆娑伸展，累累果实的繁密和大红色青嫩色，也给人一种喜庆、亲切和茂盛的感觉，是与人很亲和的植物。

花椒的药用效果和用途也很广泛，喝花椒水，能打下来肠胃里的寄生虫。根据医学实验，花椒对炭疽杆菌、溶血性链球菌、白喉杆菌、肺炎双球菌、金黄色葡萄球菌、柠檬色及白色葡萄球菌、枯草杆菌等十多种革兰氏阳性菌，以及大肠杆菌、宋内氏痢疾杆菌、变形杆菌、伤寒及副伤寒杆菌、绿脓杆菌、霍乱弧菌等肠内致病菌，所有的这些致病细菌，都有十分明显的抑制作用，中药中也在广泛使用。如此看来，这花椒真的是一种宝贝了。

夏塔的雪峰

在地图上看，新疆伊犁的昭苏县，实在是有些偏远，它远居于我国的西北边境，毗邻哈萨克斯坦。

前往昭苏的路途无疑是遥远的，我现在已经无法想象当年的汉唐使者与将军们到达这里的艰难程度了。现在，喷气式飞机和汽车，解决了路途艰难的问题。早晨我们还在北京，中午就到达了乌鲁木齐，下午，我们的飞机继续飞行，飞越了西天山那苍茫逶迤的皱褶遍布的群峰，然后，我们就降落在伊宁市所在的河谷之中。

从空中，我可以看见白云朵朵之下，很多农田阡陌纵横，分布齐整，绿色深浅不一，显示了农作物的种类稍有差别。有意思的是，很多民居的屋顶，都是大红或者青蓝色，非常鲜艳显眼。不知道为什么有这么多大红或者青蓝色的屋顶？落地之后，与当地朋友的聊天之中，他们告诉我，这大红和青蓝色屋顶是受惠于新疆维吾尔自治区政府的补贴项目，政府补贴了彩钢作为居民盖房时的建材，因此，才有了很多煞是好看的大红和青蓝色的美丽屋顶。

从伊宁机场出发，前往昭苏县，要翻越一座大山。这座大山叫乌孙山，是西天山山脉的一个支脉。翻越乌孙山时，刚到达半山腰，天气陡变，就开始下雨了，冷风立即扑面而来。山势险峻，盘山公路蜿蜒曲折，我们的轿车喘着气最终爬上了海拔数千米的山顶隘口。

乌孙是一个西域古国的名称，常见于汉唐的历史著作，是古代哈萨克族建立的。汉代的时候，汉武帝曾经派遣张骞等使者前往这里联络乌孙、大月氏和大宛，希望联合他们夹击漠北的匈奴。因此，在翻越乌孙山的时候，我也是心潮澎湃。有多少历史人物，曾经走在这条古道之上。听说，玄奘、丘处机都曾经路过这里，前往天竺和阿富汗，一个求法，一个去面见成吉思汗讲解长生之道。

翻越了乌孙山，一路向下，半个多小时就来到了昭苏县城。昭苏县的北侧是乌孙山脉，南侧则是天山那连绵逶迤西去的庞大山体，安居于山脚之下的舒缓谷地中，这里水草丰美，自古就是兵家必争之地和游牧民族的天然草场。

吃过了晚饭，我感觉天气寒凉，7 月底 8 月初，这里已经是早晚凉的天气了。因为第二天要上夏塔山沟，冒着小雨，我们几个人去添置了秋衣秋裤，以备应急。我经常出差，大致清楚在各个季节里各地的天气状况。但无论到哪里，只要是上山，只要是这山还有点海拔高度，那长衣雨衣、夹克秋裤应该是必备的。我们中间有的人是穿西装大短裤来的，一落地就发现太冷了，就赶紧添置衣服。

第二天，我们前往西天山的夏塔景区。一路上，可以看到大片的紫苏在怒放。紫苏的花自然是紫色的，与薰衣草的那种青紫色不一样，是一种偏浅蓝的蓝紫色，蔚为壮观。紫苏可以长到人半腰的高度，是很好的经济作物。不久，我们又看到了昭苏引以为骄傲的百万亩油菜花的一部分。油菜花开的景象，是那种繁盛、喜悦和密集的欢欣感，看到那嫩黄色的油菜花被青青的油菜秆高高举起，仿佛有无数枝花朵在我们面前欢呼，跳跃，在整齐地歌唱，在摇摆，在等待着你的检阅，实在令人兴奋。我们奔向了那大片油菜花田，使劲地拍照，跳跃和欢笑。

油菜花是中国一种很特别的、种植面积极广的农作物。从福建长汀到这西北边陲昭苏，连绵几千公里，春季之后，随着时间推移能够次第开放。我在四川、河南都见过油菜花的盛开，为这农作物的花期的繁茂和赏心悦目而感动。记得多年之前，每年的暑假，翻越祁连山的乌鞘岭，我也从火车窗里见到过河西走廊那大片的油菜花，蔚为壮观。油菜花的淡香和浓艳，让人备感兴奋。

走了一个上午，我们的车子来到了夏塔山谷沟口的一处休息点。这里还有一些古墓，其中有一座汉朝和亲的细君公主墓。也不知道是衣冠冢，还是确切的细君公主实墓，但那高大的封土堆周围，是这一带特有的天山高山草甸子，是真正的草原。各类草、花都混杂在一起，其中不乏贝母、芍药等中药材，但见各色花朵都在竞放，沁人心脾，蚂蚱、蝈蝈、蛐蛐、蝴蝶等各类昆虫，甚至还有一些小鸟在这杂草生花的无尽原野上鸣唱。

远眺天山，可见云杉林像兄弟一样密集地站立在山坡上，而云杉之上，就是雪山那白雪王冠和白云的飞逝了。

继续沿着小山谷向夏塔进发，道路在翻修铺油，因此崎岖颠簸。那条发自高山冰川融雪的河流，带着白色的浪涛，激流跳荡，在山道边喧哗。又走了半个多小时，我们来到了夏塔景区的宾馆，安顿下来，立即乘坐电瓶车，前往能够看见远处那白雪皑皑的莲花峰的观景地。电瓶车在开满了小黄花的山间谷地里奔走，两边高山夹持，云雾缭绕，忽云忽雨，天气变化很快。河道也变得开阔了，类似石灰水一样的浑浊河水，在河道的大小石块间奔走。而远眺那如同五朵莲花开放的莲花峰，我们都惊呆了。

确实，夏塔的景色，不输于世界上任何一个高山景观带。夏塔有多种叫法，也叫夏台、夏特等。可以看见有些驴友正整装步行在前往雪峰的道路上。这里有一条翻越天山的古道，这条古道，是新疆翻越天山、贯通南北疆的四条古道中，最西边的一条古道，就叫作夏塔古道。而翻越了我们前方的雪山，就会到达南疆阿克苏地区的温宿县。

我注意到，从我们所在的角度，还看不见西天山的海拔6995米高的主峰汗腾格里峰，而眼前的雪峰，叫作莲花峰，如同开放的莲花一样，以五朵峰峦叠嶂的方式，头戴白雪王冠，屹立在遥远的山谷前面，如同巨大舞台中显现的主角，横亘在那里，十分壮观。在乌云笼罩了一阵之后，忽然出现了太阳光，让莲花峰逼真地呈现了。这一刻，莲花峰掀开了神秘的面纱，似乎面露微笑，使我们欢呼雀跃，或者静默地凝视它，与它交流。

作家张承志有一篇很有名的散文《夏台之恋》，写的就是西天山夏塔地区的山川风物，人文历史，民族构成等等。在他那篇文章中，他认为，夏塔是他见到的世界上最美的地方。同时，在他的笔下，还出现了一些具体生活在这里的哈萨克、柯尔克孜、汉族、回族、蒙古人等各民族居民的故事。可见，这里的世居民族，是非常和谐和互相包容、彼此尊重地生活在一起，与山川一起共生共荣的。

在夏塔，我们住了一个晚上。夏塔景区的山谷里，傍晚的多云和第二天清晨的云雾，美丽异常。河水的喧哗在我的梦里躁动了一夜，但因为凉爽，我们睡得很香甜。昭苏的核心景色，我以为，就是这夏塔的风光了。雪山，河流，高山草甸，云杉，构成了天山景观的多个层次。夏塔，的确是最美的地方。

下山之后，我们驱车数百里，来到了中哈边境线，看到了当年康熙皇帝平定准噶尔部之后所立的一个石碑，稳固地站立在一片开阔的高地上，牢牢地守卫着疆土。

到了下午，我们又来到了一个现代的赛马场，看到了包括两匹汗血马在内的很多名贵赛马。昭苏在古代就盛产马匹，从汉代开始，内地曾经多次从这里购买良马，所以，昭苏号称天马的故乡。如今，昭苏的马生意也做得不错，很多内地省份需要改良马的素质，从这里购买种马的精液，每年都达到惊人的份额，使昭苏能够有超过千万元的收入。

看着赛马场的骑手们遛马、赛马，一马当先或者十马奔腾，不知道为什么，我想念的，还是数百里之外的那夏塔的景色，那满山谷的不知名的小黄花，那逶迤的山体和微笑如罗汉一样并排站立的莲花峰。

草原的未来

　　这年夏天，呼伦贝尔大草原的雨水比较充沛，因此，所到之处，我看到的都是满眼的绿色，大地上，那种类似牛皮癣似的无草疮疤很少见了。而且，也许是祭过了两个敖包的缘故，我们在呼伦贝尔大草原穿行的几天时间里，天气都特别好，不是大晴天，就是满天白棉花一样的多云天，空气也很清新干爽，沁人心脾。

　　整个呼伦贝尔盟行政辖区有 25 多万平方公里，从地理上看，大兴安岭从东北方向到西南方向的走向，刚好把呼盟切成了两块，西部版块是包含了呼伦贝尔大草原和呼伦与贝尔湖两大湖泊的几个旗、县、市，而东部地区则是以山区为主的另外几个旗、市、县了。

　　这一次，我们走的是大兴安岭东部的呼伦贝尔大草原地带，在大地上画了一个圈：先从海拉尔出发，到达鄂温克旗，然后南下到达红花尔基森林公园，接着，往西南走，经过了道乐都草原，开始往西，抵达中蒙边境地区的诺门罕战役遗址，凭吊了战场，又去了贝尔湖边眺望中蒙边境的水天一色——而呼伦贝尔命名来源之一，就是因为有这个贝尔湖。接着，我们来到了新巴尔虎左旗，与当地的作家、诗人和民间艺人座谈，我了解到了一个专门做马鞍子的手工艺人巴特尔的情况，十分感慨。接着，我们北上穿越了茫茫的大草原，经过了新巴尔虎右旗，到达呼伦湖边，又抵达了口岸城市满洲里。满洲里夜晚的繁华和白天的安宁，对比强烈。接着又从满洲里市出发，我们沿着额尔古纳河右岸的中国边境继续往东北方向前行，抵达靠近恩和镇的白桦林景区。接着，南下到达额尔古纳市，短暂停留之后，回到了海拉尔，乘机返程。

在大草原上，我们就这么用了几天的时间，画了一个近 2000 公里的椭圆圈。

一路上，所见所闻很多。其中，让我印象最深刻的，是在鄂温克旗的一个布里亚特蒙古人办的幼儿园。在这所幼儿园，我见到了很多草原上的小孩子，让我看到了草原的未来。

这家幼儿园就位于鄂温克北边草原上一个布里亚特蒙古人聚集地。幼儿园由联排的平房构成，还有一个大院子，院子里，房前屋后都有开着野花的草地，还有儿童游乐设施，跷跷板、滑梯、秋千、单杠等等。在中心区域，还有一块很大的地毯，用于孩子们玩耍和跳舞，游戏和比赛。创办这所幼儿园的，是一对曾经去过外蒙、日本生活的布里亚特蒙古人夫妇。尤其是女主人，她是在手头拮据的情况下，在草原上创办了这样一所教育理念十分先进的幼儿园。这个女园长创办这所草原上的幼儿园，经验来自于她在日本和外蒙学习当地的幼儿教育，又结合了内蒙古草原上布里亚特蒙古人育儿的一些特点，可以说是独树一帜。

可以想见，将草原上逐水草而居的蒙古人的孩子们集中起来，给他们进行现代教育，是非常不容易的一件事。但这家幼儿园的园长，做到了。

我们来到了幼儿园，在很安静的氛围里，进入到一间间教室，看到每个教室里都有不同年龄的孩子，正在老师的指导下，或画画或学习语言，或做手工或做游戏。根据孩子们的不同特点，老师在有针对性地进行着教育。而对孩子们的教育，在幼儿园阶段，最好是将知识融入于游戏和娱乐，这一点，在这家幼儿园，显得更加的突出。

看到每个孩子都穿着节日才穿的民族盛装，那种独特的蒙古袍子，很漂亮，整洁。孩子们从两三岁到六岁不等，每个孩子的长相，却都显露出蒙古人的那种典型的形象，让我想起了他们的祖先成吉思汗。男孩子普遍是宽脸庞，细眯缝眼，敦实、憨厚、质朴、可爱，还有点小拘谨。相比男孩子的拘谨，一些女孩子却显示出灵巧、大方和活泼来。

这些布里亚特蒙古人的孩子们都非常干净，整个幼儿园没有任何不好闻的气味，每个屋子都非常整洁，地面上，似乎都没有灰尘。面对我们这些不速之客，孩子们略微有点害羞，在老师的指导下，继续他们的功课，并向我们投来好奇的、友善的、清亮的目光。在我们参观教学的几十分钟里，我们看到了不同年龄的孩子，在接受着不同的教育。

随后，为了给我们表演歌舞，在老师的带领下，孩子们走到了院子里的太阳下，分成了三个班级，一百多个孩子，都来到了屋外的空地上，那里有一面巨大的毯子。孩子们给我们表演了唱歌和跳舞。稚嫩的嗓音，淳朴笨拙的动作，让我们看到了孩子就是孩子。之后，我们给他们分发了文具、糖果、玩具等等。秩序非常好，没有一个孩子对还没有递到他们手上的东西产生想要的感觉。他们安静地接受你带给他们的小礼物。这样的气度和气质，是我在城市幼儿园里没有看到的。

我还看到在地毯上有一个麻袋，里面装的都是羊拐骨，也就是羊腿处的骨头。在新疆，这是我们孩子们玩的玩具，它的俗名叫作臂石，可以用来做各种游戏。这个羊拐骨也是这些孩子们玩的玩具，大大小小，新旧都有，各种颜色都有。

看到这些让人非常喜欢的孩子，我能够想到的，自然是他们的童年和大草原的未来。草原的未来，自然，也都在这些孩子们的身上。伟大的、和大自然和谐共生的游牧生活作为一种传统的生活样式，不知道会不会继续改变？现在，在草原上，定居的牧人家庭越来越多，各家的草场也划分得越来越细。载畜量巨大，对于大草原，一直是不堪重负的。而煤矿和电力大企业，对草原的蚕食、破坏，也在持续进行。我曾经在网上，看到了那些疮疤一样无法愈合的溃疡在草原上分布的图片。在大草原，人和大自然的关系，能不能回到更为和谐的环境中？

看着这些孩子们，我陷入了沉思。而他们欢快的笑声，活泼的身姿，跑动的身影，天真的眼神，在蓝天白云之下，那么的可爱和纯真，又让我开心起来。只要孩子们在健康成长，就能够去掌握他们的未来，草原的未来。

青稞酒与青海湖

一个朋友说,你到了青海,要先喝青稞酒,再看青海湖。

的确是先喝了青稞酒,再看了青海湖。今年5月,在青海西宁互助县天佑德青稞酒厂的赞助下,我们杂志主办的第二届全国青年作家批评家主题峰会圆满举办。而全国各地与会的作家、批评家,就住在天佑德青稞酒厂的宾馆里。

这个宾馆在酒厂的大门边,很安静,我们到的那一天,忽然天降瑞雪,将摇曳和怒放的丁香的花香撒布得到处都是,混合着雪花,实在是春雪花开映春冬,桃花梅花一样红啊。我做打油诗的兴致又高起来了。不过,我对中国白酒一向有兴趣,本来就是善饮者,同时我这些年还明白了中国的酒不光是酒,也是文化酒。比如茅台,比如其他中国本土酿造的好酒,没有一样不是与我们的文化有关系的。

这青稞酒产于雪域高原,同样,是一种独特的文化酒。第二天上午,我们在天佑德青稞酒厂参观,看到了堆积、发酵、蒸馏、储存、勾兑、包装等等的各个过程,还有这家酒厂特别的一套科学检测实验过程。这是一家严肃认真地做好酒的企业，企业的员工和管理者，都给我一种十分敬业、专业和职业的印象。我这些年去了不少的酒厂，知道了很多酒的生产过程和酿造、储存方法，感觉到天佑德生产的青稞酒，尤其独特的滋味和特点。

青稞酒的产地在我国分布比较广，有青海、四川、云南、甘肃、西藏等地。其实，我知道，在雪域高原，几乎家家户户都能自己制作简易的青稞酒。酿造前，要选好颗粒饱满、富有光泽的青稞，用水浸泡一夜，然后放入大锅中，加水烧煮两小时，再将煮熟的青稞捞出来，晾去水气后，把发酵曲弄成粉状，均匀地撒上去，搅拌好，装进坛子，密封贮存。如果气温高，一两天后取出来，就是青稞酒了，和我们的醪糟是一样的，即时饮用。

我站在酒店的房间阳台上，可以看见互助县威远镇四面环山，自然生态很好，是一个无污染、水源充足的小盆地，这样洁净温和的自然环境，形成了独特的酿酒微生物圈。互助天佑德的青稞酒，是以高原上特有的粮食作物青稞作为原料，继承了古老传统的生产工艺，大力引进现代技术装备，用无污染的天然优质矿泉水进行科学配料、精心酿造，再放入到这家厂子独特的不锈钢储存罐、橡木储存罐以及一种竹子和藤条编织而成的大型储存罐里，储存经年，让青稞酒的性子慢慢地变化，让微生物、细菌互相作用，让酒体缓慢地产生芳香和各类有益于身体的元素。这个蒸馏和储存酒的过程，真的是世间一切好事物诞生的过程，需要的是时间，需要的是岁月慢慢地浸染。

青海互助天佑德酒厂的青稞酒，这些年声名鹊起，我在坐飞机的时候，常常可以从很多飞机杂志上，看到这家酒厂做的彩色插页广告。青稞酒喝起来，清新淡雅，纯正自然，绵甜爽净，还不上头，因此，在当前竞争激烈的酒类行业中可谓独树一帜，在中国的西部地区也是大旗招展。由于使用的酿酒原料是青稞，这是高原独有的粮食作物，青稞含有的葡聚糖含量，是小麦的 50 倍。这种物质对结肠癌、心脑血管病、糖尿病有预防作用，此外，还含有丰富的膳食纤维含量，和独特的支链淀粉、硫胺素、核黄素、尼克酸、维生素等等。这些元素和物质，都是青稞酒厂的科研人员，邀请中国科学家前来一同仔细地检验得出的。同时，青稞酒还含有微量元素钙、磷、铁、铜、锌、硒等矿物质。

传说，是山西的客商带来了杏花村的酿酒技术，在互助县，用上好的青稞熬出了青稞酒。因此，我喝起来，感觉这互助青稞酒也属于汾酒类的清香型酒，香味淡雅，酒液清澈，爽口利心，明目润肺。因此，在互助县这一天喝了不少青稞酒，感觉是脚底下踏着祥云，忍不住就唱起歌来了。

开了一天的会，评选出来了当年的年度青年作家和批评家，又过了一个夜晚，我们早早起来，前往青海湖游览。大巴从互助县出发，经过了西宁郊区，前往青海湖。这条公路是进藏的要道，海拔逐渐升高，到了日月山附近，我们都有了明显的高原反应，原来这里的海拔已经是 3000 多米了。我的感觉就是走路气喘，脑袋有点发紧。汽车爬坡是缓慢的，不到 200 公里的路，走了 4 个小时，8 点出发，12 点我们到达了青海湖的边上。

远远地看去，青海湖如同大地上的一面蔚蓝的毯子，就那么平平地铺展在荒原上，四周是辽远的群山的淡淡的山影。我看这青海湖，怎么都像是一片大海。难怪在高原上，要是有湖波，一般都叫作海子。

青海湖古代称为"西海"，藏语叫作"错温波"，意思是"青色的湖"。史料记载，青海湖一带早先属于卑禾族的牧地，所以又叫"卑禾羌海"，汉代也有人称它为"仙海"。从北魏起，更名为"青海"，1949年后才普遍称青海湖。青海湖是我国最大的内陆湖泊，也是中国最大的咸水湖，有 4300 多平方公里，环湖周长 360 多公里，平均水深 19 米多，最大水深为 28 米，湖面海拔为 3260 米，难怪我走在这里头晕眼花。

站在湖边放眼望去，天高地阔，今天的天气非常好，非常晴朗，这里视野辽阔，高原草甸广袤无边，河流众多。湖水烟波浩渺、碧波连天，真像一块巨大的昆仑玉。

站在湖边，这里的光照十分强烈。我们沿着湖边修好的木板路行走，先来到了青海湖国际诗歌节的一个雕塑园里参观。从 2007 年开始，在著名彝族诗人、青海省委宣传部长吉狄马加的力推下，青海湖国际诗歌节已经成功地举办了四届，评选出当代世界和中国最杰出的诗人获得金羚羊奖，并在青海湖边上修建了诗歌节的纪念墙和纪念雕塑园。在雕塑园里，世界各国的大诗人的塑像，围了一圈，大都是站立着的，或沉思低吟，或仰头长啸。纪念墙上，每一届的与会诗人的签名密密麻麻，我看到了我熟悉的很多当代诗人的名字。

青海湖国际诗歌节，如今已经成为了全球最著名的几大诗歌节之一，也给青海和青海湖带来了丰富的文化内涵，给青海湖这么一个自然景观，带来了文化的意蕴和诗歌的灵动。

青海湖是一个构造断陷湖，是距今 20～200 万年逐渐形成的，形成初期，这里是一个大淡水湖泊，与黄河水系相通，湖水通过东南部的倒淌河泄入黄河，是一个外流湖。后来由于新构造运动，周围山地强烈隆起，原来注入黄河的倒淌河被堵塞，青海湖遂演变成了闭塞湖。加上气候变干，青海湖也由淡水湖逐渐变成咸水湖。北魏时青海湖的周长号称千里，唐代为 400 公里，清乾隆时减为 350 公里。在布哈河三角洲前缘约 20 公里处有古湖堤遗址；距湖东岸 25 公里处的察汉城（建于汉代），原在湖滨。

朋友告诉我，青海湖的补水来源主要是冰雪融水形成的河水，其次是湖底的泉水和降水。湖周围大大小小的河流有 70 多条，主要有布哈河、沙柳河、乌哈阿兰河和哈尔盖河，这 4 条大河也是鱼类洄游产卵和鸟类较集中地区。

我在岸边看到了两枚鱼雷形成的一道拱门，一问，才知道这里是一个著名的鱼雷发射试验场。我军最先进的鱼雷设计和实验竟然都是在这高原湖泊中进行的。

青海湖还有一个著名的鸟岛，又名小西山或蛋岛，因鸟蛋遍地故名。鸟岛位于布哈河口以北 4 公里的地方，岛上的植被丰富，主要有二裂季陵菜、白藜、冰草、镰形棘豆、西伯利亚蓼、嵩草、早熟禾等等，因此很适合鸟类的栖息。青海湖鸟岛是一大景观，每年来这里的亚洲特有的鸟禽很多，它们在鸟岛上繁衍生息，是我国八大鸟类保护区之首。

在青海湖边转一圈，花了 3 个小时。心境淡然凉爽，视野开阔辽远。中午喝的青稞酒的酒劲还在，我走路飘忽，忽然生出一个念头：扑入青海湖，化作一滴水，在这里进入到自然万物的循环往复当中去。

南宋的遗韵

——宁波东钱湖游览记

过去来过宁波几次，都没有把宁波与南宋王朝联系起来。听说宁波郊区有一座东钱湖，面积比西湖大四倍，湖边有一座南宋石刻雕塑艺术公园，我就兴趣大增，一定要去看看，于是，在一个春雨霏霏的日子，我来到了东钱湖边。

东钱湖有"太湖气魄、西子风韵"的美誉，是浙江省最大的天然淡水湖。它位于宁波市的东南郊，由谷子湖、南湖、北湖组成，我看那地图显示，骑车或者开车环湖一周，都有道路蜿蜒，长达45公里，是宁波人游览的好去处。而自古以来，东钱湖都是浙东的著名风景胜地，而其最重要的点睛之处，就是东钱湖的南宋石刻雕塑群。

我对南宋宋徽宗的美术书法作品印象深刻，也知道南宋王朝是一个偏安一隅，偏爱艺术的内缩式的朝代。这样一个朝代，喜欢精致的生活，不喜欢打仗，当时也打不过北方的游牧民族王朝金国，只好龟缩在杭州一带，过着小王朝的小日子。在宁波听说东钱湖这里出土的南宋石刻、雕塑，在中国石刻艺术史上占有重要的位置，我很吃惊，就十分想看看。我知道，中国古代的石刻造像，精品集中在北魏时期的佛教石窟，那个时期的佛像造像可以说是中国古代雕塑艺术的高峰。此外，汉唐皇帝陵园、大臣墓葬也有一些石雕，文臣武将，石马、石虎、石狮子等等，或排列于墓道两侧，或者以其他方式拱卫墓地，是我们常见的雕塑类型。

进入东钱湖的南宋石刻雕像园，听导游介绍说，偏安南方的南宋几代帝王，做梦都想死后重新归葬于河南巩县的大宋皇陵，与北宋时期的祖先七代皇帝在一起。因此，南宋皇室建在绍兴有六座陵墓，大都是草草成就，有一个特殊的名称叫作"攒宫"，意思是暂时栖身于此，是攒起来的，不是认真盖的，终将北归埋葬于中原。因此，在绍兴的南宋王陵基本没有可以代表南宋美学风格的陵园石刻。这是十分遗憾的。但是，恰好，这一空白被宁波东钱湖的南宋宰相墓地所填补，因为，东钱湖的石刻雕像群，就来源于这里的南宋宰相的墓地。

到了东钱湖，一看便知，在东钱湖的周边地区风水非常好。但见山林起伏不大，湖水荡漾，滋养着一片水土，湖山宁静，玲珑氤氲，非常有文气、仙气和静气。因此，南宋重要的四位宰相，都将自己的墓园选在了这里，他们是：史浩、史弥远、郑清之、史嵩之，这四位彪炳史册的权臣宰相，主要服务于南宋的高宗、孝宗、光宗、宁宗、理宗五个皇帝，按照历史时间，是从公元1127年到公元1264年，前后历时138年，基本涵盖了南宋王朝152年历史的绝大部分，可见这四个宰相的历史地位。有趣的是，在东钱湖边埋葬的四位宰相的其中三位，都姓史，而他们恰好是祖孙三代。如今东钱湖出土的石刻雕像，大都是出于史氏三代宰相和他们家族的墓地。这里的宰相墓地的整理发掘，前后也进行了多年。现如今，这几座宰相墓的墓道石刻，成为我国南宋时期规模最大、数量最多、雕刻最精的墓道石刻遗存，由此建成的东钱湖南宋石刻博物馆，就是为了保护、研究和展示这些石刻艺术和雕塑艺术的平台。它坐落于东钱湖东岸的黄梅山麓中，十分幽静安谧。

天空中飘着毛毛细雨，我们一行在山林间穿行。青苔覆盖在石阶上，这座雕塑园地有牌楼有石马，尤其是各类石马，简直是缩小版的马，秀气如羊和狗，完全不像是马匹的雄健壮硕，这让我想起来南宋政权的内倾、萎靡和文弱。东钱湖边的南宋石刻雕像艺术园，由室内陈列和室外陈列两大部分，以及周边的一些石刻分布点组成。这里的南宋时期的石刻艺术遗迹，由史浩墓道、史弥远墓道等4处墓前石刻组成。这些墓道长度在50米至几百米不等，墓道按王公礼制，从下而上，大都有神道坊、石笋、石鼓、石羊、石虎、石马、武将、文臣等等雕像，相对排列。这些文臣武将、蹲虎、立马、跪羊的雕像，分别代表了"忠、勇、节、义、孝"。

我特别留意观察了文臣武将的雕塑，但见这些高大的石刻雕像精美传神：武将一般都是戴盔穿甲，双手握剑，威武肃穆；而文臣戴冠穿袍，双手执笏，沉静含蓄。在东钱湖南宋石刻造像中，造像工匠对于将军的武器装备显然十分重视。武将的铠甲兵器，都精雕细刻，栩栩如生。这种写实的功夫，为历史石刻武将中的佼佼者，缺少悍将的江南，武将的北人南相也是一大特点，因此，石刻中的武将也都是一副儒将之风，表情甚至都有些甜美，让我惊异。至于那些文臣的雕像，则更加的文弱了。南宋的士大夫温文尔雅，循规蹈矩。东钱湖南宋石刻中的文臣，表情含蓄，慈祥和蔼，表现了文臣士大夫很高的内涵和修养。

从雕刻艺术上讲，这些文臣武将、石马石虎，在雕刻工艺上都不留刀凿痕迹，追求一种塑像的细腻效果，这是在"写真"指导思想下的产物。石像的细节部分用高浮雕、镂雕、透雕等技法的综合运用，表达了所塑造的对象的某些细节，给人以真实的厚重感。如果靠近雕像，可以看到，在文臣武将的衣褶带纹的线刻中，工匠是那么的精心，他们力求表现质感和厚度，没有一根是不合理的和多余的，所有的线刻都忠于人物造型的真实性。雕刻手法精到洗炼，衣褶组织粗中有细，简中存繁，回味无穷。可以说无论是文臣还是武将，从表情上看，都是甜美安详的，雕工都是繁复细腻的，折射了南宋王朝的内敛和文弱。

南宋王朝的确是偏安和萎靡不振的。从史书上看，决定南宋王朝命运的"江南十八战"的第一仗就非常惨烈。这场战役中，宋兵完全溃败，金兵下令焚烧明州城池——古代宁波叫作明州，明州从此毁于一炬。如今只有一点断壁残墙，诉说着时代的沧桑。南宋一朝，大都是文臣执掌兵权，以守御为国策。东钱湖南宋石刻中的瑞兽，老虎不威风、骏马不暴烈、山羊不倔强，无一不给人以驯服温顺的感觉。这显然是一种时代的风格印迹。我记得我曾经去看过汉武帝的以及其大将的陵墓，霍去病等大将墓道边石兽的浑厚大气，坦荡自信，在南宋的石刻艺术面前没有了，有的是南宋式的稳定安详，所有的猛兽烈牲，一律排斥于时代之外了。

在东钱湖南宋石刻雕像艺术园，我看到了南宋时代审美艺术的遗韵，那种内倾和萎缩的、精致和细节的、含蓄和温和的美，在历史的风云变幻中，凋谢，再生，并凝固成了一个时代的永恒的审美特点。

去楼兰

早就想找机会去一趟楼兰古城，但我知道，进入楼兰所在的罗布泊荒原，是非常困难的，必须要有充足的准备和当地人的引领才能实现。去年的9月，有一个机会，我终于见到了楼兰的真面目。

那是新疆库尔勒市搞的一个胡杨节活动，邀请了不少的艺术家前往采风。先前那拨是画家和摄影家，最后是我们这拨作家诗人。我们几个人头一天飞到了乌鲁木齐，又飞到了库尔勒，住了一晚。第二天清晨，我们从库尔勒市出发，前往若羌县。汽车开了大半天，一路上穿越了美丽的沙漠胡杨林地带和广袤的戈壁滩，还穿越了那塔里木河上游奔涌下来的河水所形成的湖泊区，下午2点，我们终于来到了若羌县。这个县的面积有20万平方公里，比东部地区两个省，比如浙江和江苏省的面积加起来还要大，号称"华夏第一县"，但人口只有5万多人，可见大部分县域都是不适合人生活的不毛之地。

当天下午，我们小憩了一下，起来之后，看看天色尚早。到了新疆，晚饭时间自然地往后延迟了2个小时，8点才吃晚饭。于是，由县委宣传部长简小东陪同，我们先参观了若羌县博物馆，了解到这里的历史文化，看到了著名的楼兰美女干尸，还有成年人和婴儿的干尸。这是我们明天去楼兰古城的预热。

接着，我们在县郊的几个农户家里走访了一下。事先也没有告知，就是想随便看看当地农户的真实生活。我们随意地走进几个农家院，和农民聊天。有一户人家只有3个人：一个老太太，一对年轻夫妇，他们正在院子里分拣红枣，大的小的，一级的二级的分开，红枣堆在院子里，我估摸有个十几吨。按照每斤20元的价格，这堆红枣能卖超过40万元，是他们家一年的收成。聊天当中，知道这家人的老家在安徽，他们来新疆也有很多年了。又走了几户人家，可以看到家家户户的院子里都在晾晒、分拣和处理红枣。若羌的红枣这几年异军突起，比和田大枣还要好吃，不大，但是特别甜，还好储存。据说是前后几任的县委书记花费巨大心力抓出来的农产品致富品种，是从河南引进的，在若羌培育出比原种还要好的品种来。一开始，若羌农民不愿意种，因为种红枣见到效益，要好几年之后，还不知道有没有人买。后来，先种植的人发家了，每年都能收入几十万元，结果，现在种的人多了，整个县的农业经济依靠这红枣迅猛地发展起来了。我们又看了郊区的红枣林，到红枣林里和正在采摘的枣农以及外地收购商聊天，切实地感受到当地农民收获的那种喜悦。

回到宾馆，吃了晚饭，我们就都早早地就睡了，因为第二天早晨6点我们就要出发去探寻楼兰古城了，因此，一夜无话。

第二天一大早，凌晨6点，相当于内地的4点钟，我们就起来了。我还睡眼惺忪呢，一到院子里，就发现县里派的三辆越野车都准备好了，大灯闪亮，发动机或轰鸣或低喘，蓄势待发。简小东部长是此行的指挥长，三台车都配备了步话机、汽油、干粮、水、手电筒等等各类应急物品，简单分组之后，我们10多人坐上车立即出发了。

越野车在黑夜里疾驰。汽车先是上了一条国道，在柏油路上走了一个小时，这条国道是翻越阿尔金山直奔青海的。大路上，大卡车川流不息，大灯闪烁。我们三辆越野车彼此拉开距离，互相看不见了。从柏油路上下来，又走了几十公里的尘土飞扬、沙石乱飞的砂石路，来到一个路口，我们这辆指挥车停下来，等待后面那两辆车跟上来。我们的车上，简小东、王刚、祝勇和我，加上司机一共五个人。车是号称"牛头"的丰田陆地巡洋舰，非常适合沙漠戈壁的路况。20分钟后，三辆车集合，此时距离出发已经走了2个小时，天色微明，我们继续出发，又走了一段砂石路，我们开始进入到罗布泊荒原里了。这时，砂石路结束了，接下来的这一段路很奇特，是用推土机推出盐碱地，然后洒水碾压后形成的那种盐碱平滑路面。这样的路面很结实，比较好走。这一段路又走了几十公里，可以看到很多大型货车点着亮闪闪的大灯，和我们擦身而过。"那都是前方的罗布泊大型钾盐矿的车子。附近还在修一条通往哈密的铁路。"简小东告诉我们。

　　天色微明之下，我可以看到罗布泊荒原无比广大，在这条平滑盐碱路的某个地点，竖立了一个牌子，上面写了几个大字："军事禁区，不准擅闯"。牌子的左边，有一条也是直接在罗布泊的盐碱地上碾压出来的盐碱路，我们几辆车向左一拐，就进入到里面了。我一看表，这时候车子已经开了三个小时了。按照方位来看，我们出发时一开始向东，然后向北走，现在开始向西走了。这一段路就很难走了，完全是汽车在罗布泊荒原上碾压出来的波浪起伏路。这是我们走的第四段路了。这段路要走几十公里，汽车的时速明显的慢了下来，车速在每小时四五十公里。车轮在盐碱地路面上碾压，飞奔，车轮不断跑偏，我紧紧地抓着把手，身子在车子里不断地弹跳。天色很快变成了鱼肚白色，可以看见远方耸起的阿尔金山那庞大的身躯。接着，是凌晨的那种天青色，慢慢地在天边烟煴，我们的车子像疯狂的老鼠那样在广袤的罗布泊荒原上奔驰，还路过了曾打算徒步穿越罗布泊，结果死在里面的余纯顺的墓地。

我们一路开到了罗布泊"湖心"标志点的中心位置，才停了下来。

我们下了车子。温度在零下10多度，天气很冷。此时天色大亮，太阳猛地从天边跳跃起来，不是橘黄色，而是白亮的耀眼的白球，升腾了起来，温度也开始迅速上升。万物都开始变得温和了。小风在罗布泊荒原上那令人绝望的一览无余中吹拂。在盐碱地上，我看到地面上到处都是锋刃的盐碱岬角起伏，脚踩上去嘎吱嘎吱响。这就是罗布泊的湖心了，可是，连一滴水都没有，有的是令人绝望的蛮荒，是死寂，是叫天天不应、叫地地不灵的那种孤独。

我兴奋地蹦了起来，在晨光中的盐碱地上练习了几个侧踹动作，由祝勇拍摄了下来。

在罗布泊湖心标志点，竖立有一块黑色的长方形石碑，上面镌刻了"罗布泊湖心中心点"的字样。有意思的是，附近到处都是被砸碎的各类青色、黑色石碑的碎片，连石碑的基座都掀翻了，大概有那么几十座。我捡了几块残碑，发现那都是某些个人或者团队到这罗布泊荒原"探险"，到达这个湖心点后立下的碑。碑文的意思都是表达到达这人迹罕至之处的豪迈之情的。简小东告诉我们，因为这里是军事禁区，距离马兰核试验基地不很远，原则上是不许人随便进入的。因此，是军方将这些石碑全部砸掉了，只留下了一块湖心标志碑。

我觉得砸得好。在这广袤的，无人的荒野上，在湖心地区，忽然有那么几十块石碑，黑的灰的青的一大片，就像一片丧气的墓碑一样矗立，不好看，也破坏了这里的宁静。而且，人的自大和狂妄在这些石碑的背后显露出来了。人定胜天？呸！几十年之后，你人死了，罗布泊还永远都在这里呢。到底是谁胜利了？还是大自然。大自然的沧海桑田，几百万年都是一瞬间，这些不自量力的石碑，就应该被砸碎，还罗布泊一片真正的安静，因为，人对荒原的打扰，已经够多的了，有核试验，有钾盐矿开采，有各类探险者和徒步旅行者，有盗贼和匪徒藏匿。现在，我们这些作家诗人又来了！

简小东告诉我，每年被正式批准能进来的人，只有100个左右，大都是科学家、考古学家、地理地质学家，还有我们这类文化人。可现在汽车技术发达了，偷偷来罗布荒原"探险"的不在少数。有的被制止了，有的没被发现就进来了，结果陷入危险又请求救援。

我们休息了10分钟，继续开拔。车子在波浪一样的、只有两道车辙印的盐碱路上飞驰而去。又走了几十公里，来到了向南拐弯的一个路口。我们停下来，等待大路前方30公里处的工作站人员的接应。在这罗布荒原里，原来也建有工作站，值班人员几个月一轮换，十分艰苦。他们熟悉路况，熟悉这里的环境，负责管理，制止一般人员闯入，有时候，个别未经允许独自闯入罗布荒原的探险者会迷路，他们还负责援救。据说，每年都有不知名的徒步旅行者死在罗布泊。

不一会儿，远远地，我看见两辆越野车带着沙尘奔驰过来，还有一辆有着四个大轱辘的特制沙漠探险车，驾驶室是外露的，上面坐了两个穿着绿色、橘黄色为主色的全副武装的沙漠探险者，这探险车是来测试性能的，有些像变形金刚。

我们全部下车，一时间，六辆车上的20多个人全部聚集起来，工作站的工作人员向简小东汇报了最近的情况，交接了一些食物和饮水，然后，我们三辆车加上工作站的一辆引路车，开始向南侧丁字路的那条更为狭窄的、通向楼兰古城的小路进发了。而那四个大轱辘的沙漠探险车早就在一片尘土飞扬中，消失在我们的视线里了。

这一段路与刚才那段波浪般起伏的盐碱路又不一样，开始是小坑小洼的，但是起伏得很厉害了。车子一会儿抛起来，一会儿又跌下去，像是在大浪中行走。走了十几公里，我们的车队进入到最艰难的路段了。这一段路，我后来命名为"魔鬼大坑路"，全部都是在雅丹地貌里行进，附近的地形经过了风蚀，都是蘑菇状地貌，在蘑菇状地貌中间，汽车开出来一条盐碱路。可经过车子的碾压，全部变成了大坑路面。坑一般深达一米多，很难通行。

前面的几段路，柏油路、砂石路、盐碱平滑快速路、盐碱松软波浪路、盐碱起伏路，现在，是魔鬼大坑路了，我们的四辆性能卓越的越野车，在这段路上开起来是起起伏伏，像四只悲哀的、无奈的甲虫，忽上忽下，忽隐忽现，在魔鬼大坑路上吭哧吭哧前进，时速是每小时 5公里。这个时候，我才真的看到了本地司机的本领，只见他脚踩离合，挂挡沉稳，车子向左边猛地跃上一道梁子，紧接着，车身的右侧又猛地落入一个大坑，然后再冲上一个陡坡。太惊险了！我快崩溃了，这路完全是魔鬼造就的，这魔鬼路就是几十年来不断进入的各类车子碾压出来的。我牢牢地抓住把手，因为随时都可能翻车，车毁人亡。可司机就像是经历过惊涛骇浪的经验丰富的水手，十分镇静。一个小时之后，我们的车子才行进了 4 公里。四辆越野车有步话机联络，互相呼应，期间不断有车子抛锚，或者是跃上一道梁子后，整个车子就被架上去不能动了，需要互相配合，用缆绳来拉。

这段到达楼兰古城的路大概有 10 多公里，但是，我们一共走了 3个小时。这段路程是我记忆里最艰险的路途。我们是跌跌撞撞、左摇右晃、上下颠簸、不断弹跳，车窗外的景观开始发生了很大的变化，很多匍匐在那里的沙堆出现了，每个沙堆上都爬着尚且苟延残喘的红柳，红柳是沙漠耐寒灌木，它的根系扎得很深，露出来的部分很像章鱼的触角，黑色的四下伸展。远远地，还能看见一些死去的胡杨树，只剩下了一些树干和枝杈，在蜃气中很像是一些偷窥我们的黄羊或者野驴。雅丹地貌之间，到处都是雨水迅猛冲刷过的痕迹，一道道水沟边上就是耸起的沙包。一个死寂的、沉默的、被时间和风沙的暴力摧残的世界。最后，终于，在下午1点钟，我们到达了楼兰古城的跟前。

此前，距离楼兰还有2、3公里的时候，眼力好的简小东指给我们看："看，前方1点钟方向，有佛塔出现了。"可是，我怎么搜寻，看到的都是一些像《西游记》里的各种妖怪死了之后定型在那里的雅丹地貌，没有看见楼兰古城的最高标志物——佛塔遗址。等到我看见了那歪着脑袋，像一朵蘑菇云的佛塔的时候，我们已经到了楼兰古城的跟前了。四辆被灰尘弄得灰头土脸的越野车顽强地突进到楼兰古城的面前，在一块平地上停下来。

我们下了车，太阳高高地停悬在我们的头顶。温度上来了，我脱掉了棉袄和毛衣，只穿了衬衣就可以了，戴上墨镜下了车。在由铁栅栏简单围起来的楼兰古城的大门附近，我们打开了一个简易小折叠桌，拿出来红枣酒、馕、豆腐干、矿泉水和一些袋装熟食，算是吃了简单的午餐。经过了7个小时的艰难路途，我们终于来到了楼兰的面前。我们举起了装着红枣酒的纸杯子，共同庆贺了一下。然后，我们就走进了楼兰古城废墟。

在我面前展现的，的确是一片废墟。我站在一片高台上，四下瞭望。风暴已经多次洗劫了这里，几乎看不到城市的规模了，只有这里一片、那里几块的废墟。后来，经过当地朋友的指点，依稀能看出来整个方形城市的外墙，哪里是流经城市的河道，哪里是官署的建筑基台，哪里是居民区。现在，楼兰废墟残存的最明显的建筑，一个是佛塔，还有就是没有屋顶的"三间房"的土墙壁了。在地上，到处都是被风蚀过的木头，那种干燥和风吹导致的裂纹很细很透。有的木头裸露出木纤维的丝缕，像是人的神经放大的根系。废墟中到处都是残垣断壁，这残垣断壁在我面前被我拼接，就渐渐地拼接出来了一个城市的轮廓。我的脑子里看过的十多本关于楼兰的书籍的内容，逐渐地鲜亮起来了。

我站在"三间房"的土墙之间，想起来就在这里，斯文·赫定当年发掘出一百多件汉代的珍贵文书，带走了。1900年，瑞典探险家斯文·赫定第一次来到了这里，发现了楼兰遗址。后来，经过了中外考古学家的多次探查，根据碳14的测定，这里出土的一些人类用具可上溯到公元前3800年。楼兰最早的文献记载见于《史记》，里面记载当时匈奴大单于给汉武帝写信，说西域的楼兰等国都已被匈奴打败，并且臣服了。汉朝你们是不是应该也向我称臣？于是，汉武帝开始经略西北，并派出了张骞出使西域，打算联络大月氏，共同夹击匈奴。后面的故事大家都知道了：汉武帝打败了匈奴，于公元前100年、距今2114年之前，在敦煌设立管理机构，管理包括楼兰在内的地区。此后，在东汉、魏晋时期，都可以在汉文典籍中搜寻到楼兰的踪迹。公元440年之后的某一年，突然间，楼兰就消失了。从大地上，从典籍里，从人们的记忆里消失了。

我们一行虔敬地围绕着楼兰那个佛塔遗存的黄土堆转了一圈，感觉到这几千年前的建筑还伫立在荒野中，真是不容易。这座佛塔，有多少不为人知的故事呢？仰望佛塔，那像是歪着头颅打坐的一个和尚，我深深地感到了沧桑感。有一个诗人向佛寺遗址磕了几个头。接着，我们来到了据说是居民区的地块。

在一片风蚀洼地的高台上，散落了很多黑色、褐红色粗陶和木头的残片，可以看出来这些木头是房屋的柱子，有大梁，椽子和顶棚用材，彼此之间还有榫卯结构连接，依稀可以看出一些人类生活的痕迹。那些竖立着的大梁，木头完全被风蚀削尖了，成了干枯的、仿佛一片衣衫褴褛的、伸向天空祈求的手臂，令人绝望。我跑到了高台的下面，在我认为的一片"生活层"挖了一阵子，挖出来很多贝壳、牛羊骨头等等，可见，这里的人过去是食用很多水产品以及牛羊肉的。在几千年前，这里水域面积很大，是塔里木河上游的水汇集到这里，罗布泊成为了一个巨大的湖泊。但是，经过常年的蒸发和大自然的变迁，结果淡水湖逐渐变成了盐水湖，不适宜人居住和生活了，盐泽又缓慢地干涸，而楼兰也就这样淹没在干涸之后的罗布泊那无尽的荒野风沙之下了。而且，不光是楼兰，还有米兰、海头等多座罗布泊地带的古城，也都消失在岁月的烟云里了。后来被考古学家在罗布泊地区发掘的太阳墓地、小河墓地等等墓葬区的谜底，也仍然没有解开。

这是时间的力量，是大自然的鬼斧，才可以将人类的造物——楼兰古国完全湮灭于这漫漫荒原，只剩下了废墟和一些文献中影影绰绰的记载，以及考古学家后来的发现和基于这些发现之上的推断和想象。楼兰，无楼，无兰，只有废墟，只有空荡荡的风蚀雅丹地貌，只有风在这里吹，把一切都逐渐抹平。对比斯文·赫定拍摄的佛塔的照片，我可以看出，一百年后的今天，那座佛塔的体积又坍塌、减少了三分之一，几乎看不出是佛塔的造型了。至于那三间房的墙壁，也是残垣断壁到逐渐低矮了。

楼兰国曾经是丝绸之路上的一个交通枢纽，西汉时期，这里生活着几万人，商旅云集，市场繁荣，街道宽阔，河道纵横，佛寺庄严，宝塔高耸。东晋之后，中原割据势力群起，混战成一团，楼兰也逐渐消失在历史文献里。到了唐代，强大起来的吐蕃曾经占领了楼兰地区，这时的楼兰就不叫楼兰了，这片地区可能就叫作高昌或者鄯善了。吐蕃人与唐朝的军队在这里打仗，李白的《塞下曲》中写道："五月天山雪，无花只有寒。笛中闻折柳，春色未曾看。晓战随金鼓，宵眠抱玉鞍。愿将腰下剑，直为斩楼兰。"从李白的诗篇里可以看到，在唐代，楼兰还是诗人想象力的依托，因为在汉代，楼兰是一个兵家必争之地，一个边陲重镇，因此，魏晋时期楼兰突然的、神秘的衰落和消失，实在是令人不解。

我在一些废墟附近，发现了不少最近几十年楼兰的探访者留下来的空罐头盒、牙膏皮、酒瓶子和塑料袋。还有小的氧气瓶、煤气罐等等用品。可见，虽然这些探险者很豪迈地来到了这里，但是很不恰当地留下了很多垃圾。我收拾了一些，打算扔到门口的垃圾存放地。

我还很想去探访楼兰墓地，因为那里现在还有很多干尸。但是，简小东语焉不详，似乎不愿意让我们打扰楼兰太多。我想起来在若羌博物馆里看到的那十多具干尸，其中的两具楼兰姑娘的干尸经历几千年的岁月，呈现在我们面前，依旧栩栩如生的样子，真的是楼兰美女。

这天下午，我们在楼兰废墟里逡巡、徘徊、徜徉、凭吊了3个小时，分开了散兵的阵型，拍照，奔跑，喊叫，沉默。我们寻找城市原初的规划，想象当初这里的繁华，心情十分复杂。眼看着太阳迅速地向西边坠落，阳光和温度由炎热变得温暖，又开始变得冰凉，我们要离开这里了，因为罗布泊的昼夜温差有40度以上，我们必须在4点钟离开这里，才可以在晚上回到县城。

我们依依不舍地向大门处走去。出了铁栅栏门，我们上了4辆越野车，沿着回去的路返回了。在返回途中，我们看到有几个不同的小分队，在不同的路段停下来休整。他们还在向楼兰古城遗址进发，估计是未经批准的探险者。简小东立即用步话机通知管理员，要求他们查证这些人的身份。他们有的车抛锚了，注定要在这里过夜了。

我默默地希望他们不要留下太多的垃圾，希望他们也能安全地离开这里。

我们耐心地走过了魔鬼大坑路，7点钟，上了盐碱起伏路，到达丁字路口上到盐碱松软波浪路，经过了罗布泊湖心地带，又上了盐碱平滑路，已经是晚上9点钟。可以看到这条通向哈密和钾盐矿区的路上，拉着钾盐的大卡车川流不息。接着，我们向南上了砂石路，又上了国道柏油路，最后回到了若羌县城，整整走了7个小时。我们到达宾馆是晚上11点，天完全黑了。我们的楼兰之行结束了。晚上，浑身酸疼的我躺在床上，很久没有睡着，不知道是兴奋，还是失落，是满足，还是遗憾。楼兰的神秘面纱轻轻地掀开，又落下了，作为一个谜，它还藏在罗布泊荒原的深处，而且，被风沙埋得越来越深了。

大武汉

东湖：武汉之眼

我的武汉第一瞥，看的是东湖风景区。

我喜欢在飞机上靠窗凝视大地。飞越过武汉上空很多次，我可以看到在汉江、长江组成的河汉密布的大武汉的范围内，有很多湖泊像大地的眼睛一样闪亮。湖北号称千湖之省，武汉也是百湖之市。有水的城市就有灵气，而有湖的城市，就有了眼睛。否则，城市就是死的，就是画龙无睛的地方。在这个意义上来看，东湖，就是武汉的大眼睛，在大地之上，在城市的肩头，有东湖这样的水汪汪的大眼睛忽闪，可想而知武汉的灵动之气是从哪里来的了。

东湖风景区位于武昌的东郊，由郭郑湖、水果湖、喻家湖、汤湖、牛巢湖五个湖泊组成。它是一个自然湖，在近 5 万亩的水域中，生长着丰富的淡水鱼。其中，以武昌鱼最为名贵。武昌鱼是鳊鱼的一种，是鄂州市梁子湖的特产，鄂州古称武昌，所以俗名为"武昌鱼"。现在的东湖风景区则有独具特色的六个游览区：听涛区、磨山区、珞洪区、落雁区、吹笛区、白马区。我的印象里，东湖的水面一直很浩大。资料显示是 33 平方公里，据说是杭州西湖的五六倍。我很羡慕武汉有东湖这么一个城中大湖，它在珞珈山、磨山之间盘绕，它浩渺广阔，安详明净，湖岸曲折，港汊交错，宛如迷宫。

我是在今年的深秋初冬再次来到了东湖边上的。东湖给了我很多的记忆。二十多年前在武大读书的时候，我就经常从武大的后门出去，在东湖边游泳，漫步，泛舟，或者骑自行车一路狂奔，到达磨山看景。而眼下，东湖的这个秋冬非常沉静，树叶泛黄泛红，被时光浸染得一片辉煌，落叶缤纷，共同奏响了幻彩乐章。我感觉今年武汉的冬天似乎是姗姗来迟，而秋天却盘桓于枝头，很久也不愿离去。行人稀少，东湖因此而显示出某种水天一色的沉着与安宁。东湖水域浩瀚、岛渚星罗、林木葱郁，山色如画。听涛景区是水上娱乐游览区，磨山景区是楚文化游览区，落雁景区是生态休闲游览区，我要一一看来。

我依稀记得东湖的一年四季：在春季踏青时节，沐浴春风骑车前往东湖，一路但见山青水绿、鸟语莺歌，草长莺飞、杨花柳絮，漫天飞舞，真的是万物生长的那种欣欣向荣的感觉。如果把武大的樱花大道看腻了，可以到东湖的樱花园来看那更加广大的樱花，但见一片红霞般的五千棵樱花树在日式的园林里招展风姿，樱花漫卷，迷了我的眼，给我以置身日本京都的错觉。到了夏季，武汉的酷暑让人无法忍耐，而去东湖游泳泛舟，立刻可以感觉到清爽宜人，酷暑顿消。而东湖的秋天有一种岁月的深醉，红叶满山，磨山南麓还有一处栽种万株桂花的桂花园，每到农历八月，漫山的桂花浓郁芬芳，真是丹桂飘香，沁人心脾，芳香悠长。到了冬天，在东湖踏雪赏梅，寻幽找雅，可以感觉到一种别样的冬天。

其实，我最喜欢的，就是在冬天到东湖看梅花。寒假的时候，大家都回家了，我家在新疆，太远，没有办法回去，就待在学校里面过春节。而去东湖梅园看梅花，是我那几年的春节前后最喜欢的事情。

东湖梅园是非常别致的园中园，据说号称"江南四大梅园之一"，上千亩的梅花园里，有三百多种梅花争芳斗艳。我一直纳闷怎么国花不是梅花，而是那雍容的牡丹。因为梅花的气度风格，才更像是中国人的精神写照：傲雪凌霜，晶莹纯洁，淡香悠远，朴实灿然。据说，东湖梅园是中国梅花研究中心所在地，里面有妙香国、江南第一枝、花溪、放鹤亭、梅友雕像、冷艳亭等景点，其中，妙香国为中国梅文化馆所在地，常年展示包括梅花典籍、名人书画资料在内的梅花文化精华。要想知道梅花是如何香自苦寒来的，去东湖赏梅，是一个绝佳选择。而武汉选择了梅花作为市花，我觉得真是太好了。这有点像武汉的某种性格——无论寒冬多么的凛冽，而梅花自然笑傲枝头。

作为一个自然湖泊，这些年，东湖也被赋予了浓厚的楚文化内涵。湖北是古代楚国辖区，因此楚风浓郁。东湖管委会结合楚文化的历史，在磨山风景区建造了行吟阁、离骚碑和楚天台、楚才园等，还建有楚市、屈原塑像、屈原纪念馆，将楚文化的底蕴挖掘了出来，使东湖的历史文化内涵显得厚重了。这次，我在磨山楚文化游览区，尽情地欣赏和体味到了楚文化浪漫、瑰丽和独异的风格。比如行吟阁，建于东湖西北岸的小岛上，四面环水，由荷风、落羽两桥与陆路相连，十分幽静。《楚辞·渔父》中写道："屈原既放，游于江潭，竹吟泽畔。"三层四角攒尖顶、古色古香的行吟阁雄健俏丽，颇富民族风韵，阁前立了一尊屈原全身塑像，屈原仰首向天，款款步行，十分真切。

大家都知道，屈原是战国时期楚国的一位杰出的政治家，伟大的诗人。他辅佐楚怀王，做过三闾大夫。他很有治国之策，对内举贤授能，对外联齐抗秦，使楚国一度十分强盛，但是后来遭到了围绕着楚怀王的一班小人的谗言离间，楚怀王疏远了屈原，将他放逐了。楚襄王继位后更加昏聩，竟然将屈原放逐到更远的江南，再不得过问朝政。公元前 278 年，过了二十年流浪生活的屈原目睹国破家亡，满怀悲愤，于农历五月初五投汨罗江而死。他这一死不要紧，我们多出来一个为了纪念他而诞生的端午节，粽子节。

现在，在东湖风景区还仿古建造了楚市，楚市楚市，那就是楚人搞商品交换的场所。我眼前的楚市，是青石路面，红漆门柱，黄墙黑瓦，一派楚地风貌。街市上店铺林立，游人如织。不过，我很喜欢楚国的标志性动物符号：凤。凤是楚国先民的图腾和吉祥物，古代楚人把鹰、鹤、燕、孔雀等鸟的特征集合起来，创造了他们理想中的神鸟。我家里有一座小巧的双凤卧虎衔鼓木雕，这是出土的楚国有名的图案。而磨山的凤标则很巨大，是用十六吨黄铜铸造而成的，双凤面对面地站在百兽之王老虎的背上，威猛异常。站在路旁，由凤标抬头望去，就可以看见磨山的第二主峰上那巍峨的楚天台。楚天台是东湖磨山的楚文化游览区的标志性建筑，是按照古代楚国章华台"层台累榭，三休乃至"的形制而建。从凤标登上楚天台，我过去是连跳带跑爬过那345级台阶的，到了楚天台，有一种"极目楚天舒"的旷达感油然而生。

但这次，仰望楚天台，虽听说里面现在有荆楚文物、工艺品和楚国名人蜡像展览，还有定时的编钟乐舞演出，但我还是没有上去，仰望一会儿就走开了。

我们在路边歇歇脚，电瓶车继续前进，我看到了一边的一尊祝融塑像。祝融是楚人的远祖，是传说中的火神。他的职责是观象授时，指导人们生产与收获，也就是火神和耕作之神。这尊雕像体现了楚人崇火、拜日的民俗。另外，还有一组"惟楚有才"的雕塑很有特点，这组群雕是以古代楚国八百年间的风云人物和重要事件为主题，以多种雕塑手法，展现了楚国的名君、名相、名人的事迹，还有古代楚国的矿冶、纺织、艺术、农耕、战争和日常生活情景，群雕体现了楚文化的博大精深。我走到近旁仔细观瞧，感觉这组雕塑技艺精湛，气势磅礴，栩栩如生。最值得一提的，还有一块离骚碑，镶嵌在一片山体上，它是用红色岩石砌成，资料说它高 14.8 米，宽 8 米，碑文选用的是毛泽东青年时代手书的《离骚》全文手迹，雕镌字体俊秀飘逸，可以说是诗书双绝，碑巨文奇。

东湖的三国文化历史也源远流长，在东湖磨山的东山头上，史书记载刘备曾在此祭天。这便是有名的刘备郊天坛。这里被誉为"观日上佳，赏月绝妙，瞰景最全，祈福甚灵"之地。东湖还有卓刀泉、曹操庙、鲁肃马冢等三国遗址。南宋诗人袁说友游武昌东湖时，有诗云："一围烟浪六十里，几队寒鸥千百雏。野木迢迢遮去雁，渔舟点点映飞鸟。"

我来到烟浪亭，看到这一天风平浪静，湖面安谧。穿越一座桥，来到了落雁景区。在落雁景区，从远处飞来的栖落枝头，形成了湖中活动的风景和声音的幕布，鸟儿问答，声音让湖水荡起了<u>丝丝涟漪</u>。景区内水杉<u>丛生</u>，笔直且沉默，长堤边都是水杉留下的美丽倒影。喜鹊鸣叫着穿越水面，与晚霞的光芒呼应出奇特的风景。几排竹排停在水面，竹排前部翘起来，形成了好看的形态。

和东湖再度相遇的这个初冬深秋，既有着秋天的醉意、成熟、大气和美满，也有着初冬的肃杀、凋敝和一点凉寒。而我这个远方来客又一次走过了熟悉的东湖，为东湖的苍茫和秀丽，温婉与深情而动容。东湖的秋冬，有秋有冬，有暖阳有寒霜。季节交替中，时光在孕育，万物在静默，人生在向着满溢而伸展。

武大大学

我的武汉第二瞥，看的是武汉大学，我的母校。

一座城市的大脑不是这座城市的政府，而是这座城市的智库。智库，智慧聚集地，自然在大学。在东湖周边，在珞珈山、喻家山、桂子山边，聚集了武汉大学、华中科技大学、华中师大、中国地质大学等26所高等院校，还有中科院武汉植物园等56个国家、省、部属科研院所，此外，东湖新技术开发区国家光电子产业基地——中国光谷、湖北省博物馆、湖北省艺术馆都在武昌，这里文化底蕴深厚，是武汉的智慧之谷。另外，大学的氛围。除了有智力的积聚功能，还有一种娴雅和慧的"慧"的气质和感觉。

我每次来到武汉，都要抽时间在我的母校武大校园里走一圈。有时邀上两三个同学慢慢地在校园里闲逛，有时是坐在车里一个人，一言不发，沉默地看着窗外的校园风景，看着那些比我年轻一辈的学子们，想象着当年的我就是现在的他们，然后匆匆而过。

我是1988年进武大的，我记得，当时大学的校园和今天不一样，校园里是一个人际关系淳朴，充斥着启蒙的理想主义的地方。以至于我在毕业后长达两年的时间里，都完全不能适应社会，总是做梦回到武大校园。我特别想念武大的湖山凝重，武大的一草一木，想念武大的房子、人、老师、花朵和雨天里繁密出现的蜗牛。

我在武大读书的那几年，整个社会正在一个迈向市场经济社会的临界点上踌躇徘徊。那是一个思想激烈交锋的年代，也是一个理想的年代，市民世界和中产阶层还没有出现，知识分子对文化、思想、理论和灵魂这些东西更感兴趣，整天都在争论、研讨、论战，所有的论题今天看来都是宏大而空泛，但是也天真活泼。我当时就看到，校园里正在展开关于电视片《河殇》的大讨论，学校里举行的各种讲座，也大体上都是关于"中国文化和文明向何处去"的讨论。因此，我恰好经历了1980年代到1990年代的转型。那时候的大学生，就像海绵吸水一样，想的都是国家大事，那是一个理想主义的末梢、市场经济开端的年代。

于是，我整天穿梭在校园里，眉头紧皱，摆出一副忧国忧民的样子，每天想的都是十分巨大的国家级问题，对自己袜子上的破洞毫不关心，对糟糕的食堂饭菜也熟视无睹，安之若素。然后，在我毕业那一年，1992年，邓小平的南巡使中国社会义无反顾地进入到了一个新的境地。我也来到北京工作，一直到今天，经历了传统经济模式的分崩离析和不断重建的新生活，期间的滋味和体会变成了我写的很多文学作品。

我记得，当时学生住宿条件比较差，我那个小小的宿舍里就挤了八张床，没有阳台，也没有电风扇，更没有空调。武汉的夏天是著名的酷热难耐，我们就多跑几趟东湖去游个泳。那时，大学入学门槛很高，我入学那一年全国只招收了50多万，而去年全国大学则招收了700万人，可见那时是精英教育，现在的大学教育，是一种大众教育了。所以当时我们还是有一种骄傲感的。而我们也从来没有因为物质上的清苦而苦恼或抱怨过，那也是整个1980年代高校学生的普遍状态。

武大校园风景如画，既为学生谈恋爱创造了条件，也为好学者和好知识的诞生与传播创造了条件。一所大学能立得住的地方，主要看出了多少学术大师杰出校友。作为武大校友，我希望它能特别开放，胸襟广大，她的学生有巨大的创造力。因为武大的同学之间，情感交流也非常淳朴，我记得我们同学之间没有打架的，连吵架都很少，偶尔闹些小矛盾也都是生活习惯问题，比如有人爱干净，有人可能就邋遢一点，相互迁就一下也就适应了，并不会心生怨气。各自的秉性摸透了之后，大家都成了兄弟，按照年龄分成老大、老二、老三、老四等，然后按照这个来分工打水、打饭、占座什么的，简直就是一个小分会。

大学四年，至今留在我脑海里的都是美好回忆。我们同学中结婚的有四对，到现在都没离婚的。1992年离校二十年纪念会，大家都是带着老婆孩子回母校的，感情一直都挺好。我觉得，当时同学关系和睦的原因之一，是因为那个年龄段的人大都有兄弟姐妹。我有一个妹妹，我是做老大的，我就会很注意关心妹妹。现在的小孩基本都是80后的独生子，家长都围着他转，从小的教育和环境会让他们很自我，这种感觉和有兄弟姐妹的人完全不同，他们也相对会不太关注别人的感受。那时候，同学之间流行交笔友。我给全国不同学校的校园诗人写信，我们属于书信交往的一代，大家在杂志上发表作品时，也顺便把地址登出来。其实还没见过对方，就互相乱写信了。笔友之间偶尔也会串门，比如有一个朋友从外面来了，就两个人挤在一张床上，当时也不会被人以为是"好基友"，大家也大都不懂同性恋这回事。

除生活习惯偶有不同外，同学彼此之间并没有直接的竞争关系，因为国家是包分配的。当然，大三之后也会有焦虑，就是到底去哪里工作好，比如有人想到广州，有些人喜欢北京。那时候老师也特别好，不需送礼行贿，我们连请老师吃饭都没请过，老师也不需要。就像所有的毕业生一样，毕业那天，我和同学们也抱头痛哭，喝得大醉，然后往桂园宿舍楼下扔酒瓶。也正是从这一年起，武大校园里盛开的樱花，开始对游客收个三毛五毛；这一年，邓小平南巡讲话，中国社会从此转型进入了市场经济。

武汉大学是武汉在教育方面的制高点，一个象征。在中华民国时期，国立武汉大学的牌坊是很有名的一个小巧但是有分量的建筑。2013年11月底，武大迎来了自己的120周年纪念日。120年华诞的记录虽然有争议，但大体不错。作为武大校友，我是很关注武大的现状的，每次各类靠谱不靠谱的高校排名，我都很关心武大的位置。我过去曾经问过高年级的学生，武大在全国综合大学当中排第几位？他们告诉我，排五六位的样子。后来，不管怎么排，武汉大学在全国高校当中排名有时候在三四位，有时候在五六位，有时候在七八位，好像总在前十名，是不折不扣的名牌大学。十多年前，全国高校合并风起云涌，武大也在这次的高校合并当中整合资源，合并了多所高校，形成了新的武汉大学。学生最多的时候名列全国第三，有近 6 万名学生，听说现在下降到 4 万多名了，而每年招的本科生和研究生持平了——这是研究型大学的标志。老武大和湖北医科大学、武汉测绘科技大学、武汉水利电力大学合并之后。磨合多年，如今更是在不断地优化学校学科结构、培养人才和引进人才方面下了很多功夫，我也继续在母校攻读研究生课程，这成为了武汉让我记挂的重要理由。

我觉得，现在的大学生活和宿舍关系，已经反差到我完全想象不出来。因为出现了著名的清华大学朱令铊中毒事件、复旦大学博士毒杀同屋事件，我真的是觉得匪夷所思了。

在武大的时候，校园文化是非常发达的。我记得，我们爱写作的成立了诗社、文学社、剧社，很多作品在武大校报编辑张海东老师细心和耐心的编辑下，呈现在校报副刊上。武大校报副刊这个我们一代代武大校园作家诗人们起飞的园地里，成为了岁月的见证，成为了一个个武大学子生命个体的瞬间留影。

而写作，我想说，它的巨大的意义和功能，就在于为一个人经历的岁月留影，为一个人经历的时代做一个见证。我想，学校从来都不是封闭的，都是要受到时代氛围和环境的影响的。而时代的巨大车轮正在义无反顾地向着一个大概确定的目标在前进。

每次来到武大校园，我看到一个个青葱的生命个体在身边走过，感叹所有的学子最后都要被放飞到社会这个复杂的空间里，去寻找自己的位置，每个人都面临挑战。那么，一拨拨的武大的学弟学妹们，拿起你的笔，写下这个注定将消逝不见的美好时光里的感受吧，给你自己的岁月留个影，给你未来的回忆增添一笔浓重的鲜亮吧。假如文字不死，你所经历的时光，就将获得瞬间定格之后的永恒影像。因为，毫无疑问，大学时光是一个人一生中最值得怀念和依恋的岁月。可以肯定，多少年之后，校园生活注定会成为我们每个人生命中鲜活和难忘的记忆，成为我们奋力在生活中拼搏的、从后面投射过来的亲切而遥远和深情的目光。

而武汉大学作为武汉的一个知识、智慧、学术、教育的制高点，不仅在珞珈山上闪耀，还将武汉的影响以她的万千学子的个体影响，流布和影响世界。

汉口：武汉之彩

我的武汉第三瞥，看的是汉口。

武汉是著名的大码头，武汉三镇的形成，就是四面八方的商客与游民，在汉水和长江所形成的埠头上停下，然后建造起居所和商品交易场所，从而形成了武昌、汉口和汉阳。

自从我20多年前来到武汉求学，我就很喜欢武汉的市民生活景象。武汉人的热忱、聪慧、狡黠、仗义，武汉人的"热也好冷也好活着就好"的达观，让我感觉到生活在这座城市里，总是有着无限的生趣。

而且，这次在武汉规划馆，看了气势恢宏的武汉总体规划的沙盘雕塑，还有详细的电视片，我的眼前出现了世界级规模的大武汉。大武汉！的确，我看了不少国家和城市的规划馆，我感觉武汉未来的规划，规模恐怕是世界上最有雄心的城市了。无论是高耸入云的楼厦，还是汉口北的小商品批发城建设，无论是武汉天地的新旧搭配，还是吉庆街的吃吃喝喝，都是武汉鲜活的生活内容。

武汉的未来在现在武汉人的设计中,是雄心勃勃的,也是高瞻远瞩的。

汉口,是武汉最热闹的市区,也是最繁华的市区。武汉三镇,历来武昌是高等教育和高新技术区、旅游文化区,汉阳是工业区,"曾经汉阳造,再造新汉阳",而汉口,则是武汉的商业区,是武汉最有市民气息的城区。汉口有飞机场,还有一条著名的小商品批发之地——汉正街,现在搬到了汉口北大商业地产区了。还有一个吉庆街,也很有名。汉正街是一条商业老街,多年前我在武汉念书的时候,经常去那里逛,但见货物琳琅满目,人头也是一片攒动,熙熙攘攘,热闹非凡。不过我是穷学生一个,只是饱了眼福,偶尔买双鞋子,也是要穿很久。所以,不到汉口,就不知道武汉有多么的丰富、丰厚、丰采、丰茂、丰沛、丰饶、丰硕、丰裕和丰足,汉口,就是武汉之丰。不到汉口,就不知道武汉有多少的热闹,多少的颜彩,汉口的颜色就是武汉的彩色。

在这里我就说一条街:吉庆街。吉庆街是我每年来武汉都要去的地方。因为,要想了解武汉的当代市民生活,吉庆街是一个窗口。吉庆街是小吃一条街,分为老街和新街。老街保留了老街的排挡风格,新街则升级换代,登堂入室了。我前些年是通过看池莉的小说改编的电视剧,知道了武汉的吉庆街,以及街上的武汉鸭脖子比较好吃。由于电视剧的影响巨大,结果武汉人就把鸭脖子生意变成了武汉的名产,一时畅销全国了。我记得,北京的簋街上,过去一直流行麻辣小龙虾和福寿螺,后来就开始改吃鸭脖子了。不过,我听说这鸭脖子上淋巴多,我觉得吃多了不好,尝尝味道就可以了。但是我第一次吃的时候,还是觉得味道奇妙,麻辣、咸鲜味道的都有,有上瘾的可能。后来,我就经常在北京簋街吃鸭脖子了。

上次我们一堆人去吉庆街的时候,是在某年4月底的一个晚上。

春风拂面，小雨霏霏，有点哀愁的味道。但是，这样的情绪，注定是不属于武汉的。因为武汉是一座天生热闹的和世俗化的市民城市。在江边的江滩公园中漫步，还觉得清新落寞，但当我们穿越热气腾腾、灯光灿烂、烟熏火燎的吉庆街时，人间气息就十分浓烈了。

吉庆街不大，蜿蜒委曲，有点脏乱，却极其热闹，叫卖声、吆喝声、笑闹声混杂在一起。我观察，来的人大都是游客和年轻人。我估计，武汉本地人不见得喜欢在这里凑热闹，这个小吃一条街的饮食风景，主要是给外地人和年轻人搭建的，也解决了一些人的就业，扩大了武汉饮食文化的内容，把一个世俗的市民生活饮食风景，包装成了一个武汉的地域文化符号，这是市政府聪明的地方。

武汉的小吃，过去我吃过不少，什么热干面、豆皮、臭干子、醪糟汤圆什么的。这次一吃，才知道，武汉的小吃除了保持了老品种，还开发出来很多新品种。鸭脖子当然是首当其冲。我们径直上了一家餐厅的2楼，在一个包间落座，很快，各种小吃就开始飞快地端了上来，鸭脖、臭干、羊肉串、螺蛳、毛豆、鸡翅、鸭舌、鹅肠、田螺、藕片、猪血、鳝丝、猪蹄、牛筋、牛尾、鸡杂等等，带着武汉独特做法的色香味，摆在了我们的面前。一时间，饕餮开始，觥筹交错，笑语喧哗，成为了我非常鲜活的记忆。

今年来到吉庆街，我们是在吉庆街的新街吃饭的，自然是登堂入室，进入到二楼的包间里，围着一个大桌子吃饭。那些小吃大都升级为地方特色的菜肴，武昌鱼、河湖虾、鸭脖子、排骨藕、炒菜薹，都升级换代了，口味也多少变了点。

说到吉庆街，这些小吃倒是其次，等到喝了几杯"白云边"或者"黄鹤楼"之后，我们面色潮红，各色本土演员就出现了。这才是吉庆街的一大特色。过去在吉庆街老街，我发现吉庆街的艺人成分非常混杂，有给人画像的，有几个小姑娘组成乐队唱摇滚的，有说笑话的，还有各种曲艺节目表演，什么豫剧、黄梅戏、湖北戏曲小调等等，这些土和洋、雅和俗、老和少、唱与画都混杂在一起，真是一种文化大混俗，有趣极了。他们就一直这样穿梭在各个酒肆和饭馆餐厅之间，拿出节目单让你随便点唱。其中，有个叫麻雀的艺人，比较著名。他拉着一个类似三弦的土乐器，身形干瘦，嗓音嘶哑得很独特。麻雀可以根据现场，察言观色，给每个客人现编歌词，然后，把你的特点唱出来。自然，他的唱词有急智和口才，也有调笑和调侃，总之，让你觉得高兴、热闹和有趣，他就兴奋了，也就赚到钱了。不过，受文化层次的影响，无外乎以恭喜你升官发财得富贵为主要口彩。据说，他是一个江西人，在吉庆街上唱了几年，颇受欢迎，挣了不少钱，在老家已经盖起来了气派的二层楼。这一次，我们也先后请了四五拨艺人来演唱，我的感觉也是升级换代了。

我忽然想，像这样的艺人，从古到今都是存在的，他们生活在市民阶层里，用自己独特的技艺混一口饭吃，养活家小，也变成听过他演唱的人的鲜亮的记忆。吉庆街并不长，也不大，但是，它的热闹非凡和浓烈的人间烟火气，它的世俗风景和各色面孔的突然隐现，成为我在武汉的一抹鲜红记忆。

作为一个武汉的缩影和象征符号，还有武汉新天地，还有琴台文化公园、昙华林艺术城、武汉江滩、武汉新港、黄鹤楼、归元寺、楚河汉街、首义广场，以及高铁站、武钢新区、琴台大剧院等等，都在不断地丰富着武汉的城市内涵，给武汉带来了新鲜的发展亮点。

这一次，我是乘坐高铁从南边的广州前来。我还乘坐了武汉地铁，走了过江隧道，还在武汉长江上的三四座大桥上穿梭而过。我真是感觉到，武汉是个大武汉，她变大了，变高了，变繁华了，变时尚了，变有内涵了，变生动了，变得高端大气上档次了。武汉，大武汉，以三镇的规模铺展在大地上，在长江和汉江交汇形成的冲积平原上崛起。

她的雄心壮志，她的热气腾腾，她的炎热与娴静，她的世俗与大气，她的灵气与豪气，构成了武汉的丰华性格。大武汉，必然会铸造新的生活形态，在中国中部抢先崛起！

吃在扬州

"烟花三月下扬州"，今年四月，再次来到扬州，再次领略了扬州的美食。俗话说，"祸从口出，病从口入"，这嘴巴上的事情一定要注意。我不算是一个老饕，嘴巴不是很馋，盖因过去吃得比较粗糙，以大块牛羊肉为主，配以土豆白菜西红柿辣椒萝卜之类，就可以了。但是，最近一些年跑的地方多了，我就渐渐地注意起吃来。而每到一地，我必然要吃一吃当地的大菜和小吃，要喝一喝当地的土酒，已然成了一个习惯，因此，我到的地方越多，感觉自己舌头上的滋味也越丰富了。

有时候，出差在外地，必定要带几本书，这旅行中的书很难挑选，于我来说，大抵是一册诗集、一本小说、一张地图，然后，就是一册菜谱了。比方说，去浙江江苏一带，袁枚的《随园食单》是一定要带上的。这本薄薄的小书，总是可以经常温习的。这次是再次来到扬州，感觉自己一定要大快朵颐一番，果不其然，我的舌头的舞蹈，在扬州表现得格外热烈，回到北京许久，还在回味扬州的吃食，然后还能成文一篇，自然也是快事一件啊。

我们一大早就被朋友接到了富春茶社最老的那家店，是在扬州得胜桥一条狭窄的小巷道里，据说创办于1885年。巷道的两侧都是售卖"扬州三把刀"（菜刀、修脚刀、理发刀）等传统手工艺品的店铺，还有刚刚上市的新鲜荸荠卖。我买了一个抓挠头皮的抓把，三块钱，插在脑袋上自己就变成了一个天线宝宝。

百年老店富春茶社在扬州开了不少分店，我们去的是最老的这家。上了二楼，进入包间，店家服务员先给我们泡了魁龙珠茶。这茶是由安徽的魁针、浙江的龙井、扬州的珠兰这三样茶叶混合而成，因此各去三样茶的一个字，叫作魁龙珠。这茶的力道比较大，耐泡，经得起十几次冲泡，还刮油，适合吃那油腻的狮子头和各色汤包蒸包之后饮用。而泡茶的水，据说一定要取自长江江心的活水才好。于是，就有过去嘴刁的盐商因为尝出来泡茶的水不是江心活水而揭穿懒惰的伙计的故事流传。

扬州菜肴属于淮扬菜系，淮扬菜系是中国最著名的几大菜系之一，这是因为，扬州和本省的镇江、安徽的淮阴很近，风土人情和食材食料也很接近，就形成了特殊的一个菜系淮扬菜系。淮扬菜比较擅长烹调河鲜、蔬菜、鸡鸭、禽蛋和豆制品，点心也很有名。据说，淮扬菜发源于春秋战国时期，到明清两代就正式成为一大菜系了。历史上，扬州的盐运业十分发达，贩盐的客商借助自然河道和人工开凿的运河，往来于大江南北，因此，扬州的富人多，服务业就发达起来。别的行业，诸如色情业娱乐业不提了，但是饮食业，很快就名贯全国了。

在扬州，富春茶社的早餐实在是太丰富了。除了熬得极好的米粥和菜粥，配以五六种扬州酱菜、凉菜，我还吃了大煮干丝、蟹黄汤包、翡翠烧卖、三丁包子、千层油糕、月牙蒸饺、双麻酥饼等。而干丝自然是扬州美食的翘楚。所谓的干丝，就是豆腐丝，但是扬州的干丝很绝，切得非常细，据说可以穿针引线，一块豆腐皮能够切几十刀而不断。干丝可以烫着吃，也可以煮着吃。在热水里一烫，就成了烫干丝，往上面放点麻酱和小河虾米，配上一点笋丝，吃到嘴里那种滋味，哎呀，鲜、嫩、柔、韧，非常开胃。而大煮干丝呢，配以高汤，加上鸡肉丝和火腿片，味道浓郁清香，令人回味不绝。

厨师还专门给我们表演了文思豆腐的做法。先是切豆腐。将一块白豆腐切成能够穿针引线般的细丝，然后放到清汤碗里，结果那豆腐丝荡漾开来，就像有着千丝万缕的菊花花瓣一样在开放。这文思豆腐可真的是扬州一绝，也许可以改成纹丝豆腐更形象。

扬州的包子也很有名，除了灌汤包子，三丁包子最好吃，里面有冬笋、鸡肉和肥肉丁做馅，包子的味道是五味俱全，实在好吃。

扬州的正餐我也印象深刻，有名的"三头宴"那是必不可少。所谓的"三头宴"，你一听就知道应该是由三个头构成的。的确如此，这个系列菜肴是由整张的扒猪脸、整个的鲢鱼头和滚圆的蟹粉狮子头构成了三头。而且吃这三头宴的顺序不能乱，就是按照上述的次序进行。不过，据说猪脸属于发物，多吃了不好，会引发人体内潜伏的病因，但是偶尔吃一吃我想也是不错的。猪头猪脸胶质较多，吃起来有嚼头，味道很香。而鲢鱼头的清淡和微腥刚好可以化解猪脸的甘腻。加了螃蟹黄的狮子头味道十分鲜美，放在最后吃，则使嘴里的味道冲淡后再上一个台阶，把狮子头的肥嫩和蟹黄鲜香交织在一起，实在是味道绝妙。富春茶社的折烩鲢鱼头、三套鸭、富春鸡、清炒虾仁、虾籽香菇，都是很好吃的招牌菜。

说到扬州菜肴，还要说说肴肉。所谓的肴肉，是将猪蹄子肉用硝腌制，加花椒、姜蒜、桂皮、大茴香和葱来煮，最后切成片，蘸镇江香醋和细姜丝食用，吃到嘴里，你会感到松软、缥缈，很快就化为丝缕，好吃啊。此外，到扬州吃点藕菜也很好，扬州菜肴里对藕的做法非常多，五花八门，令人吃得眼花心缭乱，乐不思京华。

当然，扬州的吃食里，河鱼是当家大菜，到扬州，一定要吃当地的鱼。江淮一带小河汊纵横交错，大江滚滚从天际而来，到处都是水，鱼是水中最活跃的物种，因此，也是扬州菜肴中最好的食材之一。在扬州吃鱼，是有一定的季节性的，河豚、鲥鱼、刀鱼、鲫鱼、鳝鱼最好，清蒸、红烧、炒片、炖汤几种做法也各不相同。河豚眼下大都是人工养殖的，没有了毒性，味道照样鲜美，红烧和清水火锅两种吃法都很棒。河豚的皮有独特的刺，最好在嘴里裹成团，一次吞下，据说这皮囊可以治疗胃病。

眼下，长江刀鱼的价格越来越贵，据说在清明时节吃刀鱼最好。还有一种说法，快入夏的时候，吃清蒸鲥鱼最好，但是我是 4 月份（烟花三月）去的，管不了那么多了。这次吃到的刀鱼，一盘子里有四条，的确银白如长长的刀子一样。刀鱼价格在今年春节之后降了下来，便宜了不少，但是我问了餐厅的朋友，他们说这盘子刀鱼，原料价格仍旧有三四千元。刀鱼吃到嘴里，就是新鲜、柔嫩，但是多刺而麻烦，对于我这个北佬来说，也未见得是美食。

而扬州做鳝鱼也很地道。鳝鱼可以片成蝴蝶状然后热炒，美其名曰"炒蝴蝶片"，用醋、糖、盐、油、酱油、料酒爆炒，味道火暴而强烈。最后，来一碗奶白色的鲫鱼汤，我敢肯定你一定嫌一碗不够，要立即再来一碗。

再来说说扬州的小吃。扬州的小吃分布在很多不起眼的大街小巷里。吃过正餐大餐，尝一尝小吃，那是最接地气的一种办法。走街串巷，在扬州，小吃的丰富，可真叫琳琅满目。比如，春卷、葱香火腿糍粑、葱油火烧、酒酿饼、天线双边油饺子、银丝卷、扬州发糕、冬瓜烧卖、回卤粉丝汤、蛤蟆酥、吊炉饼等等面食，都是很好的小吃。

扬州的面条也有特色。我对面条一向是情有独钟，几乎尝遍了各地面条。扬州面条中，除了久负盛名的阳春面，还有一种扬州饺面也很好。就是有面也有馄饨。香菜、胡椒和青蒜花分布在汤面和馄饨之上，赏心悦目又爽滑可口。配上几个扬州烧饼，那是甜咸、干湿都有了。扬州烧饼的馅儿非常丰富，有甜有咸的，比如桂花馅儿、椒盐馅儿、葱油馅儿、豆沙馅儿、萝卜丝馅儿、豌豆苗馅儿等等。形状也是很多样，圆的方的，长的扁的，蛋形的菱形的，都有。

此外，扬州小吃中，还有豆腐卷子、油炸臭干子、胡辣汤也比较不错。扬州胡辣汤和河南胡辣汤不一样，扬州胡辣汤显得比较细腻中和，没有那么的辣，胡椒放得少，而且还和豆腐脑一起卖，可以都尝尝。

扬州的吃食我先说这么多，要说更多，那我就明年再下一次扬州再说罢。

黏高粱

在贵州有一条美酒河，它就是赤水河。赤水河为中国长江上游的支流，古称安乐水，在云、贵、川三省接壤地区。发源于云南省镇雄县，一路向东流至川、滇、黔三省交界处的梯子岩，水量增大，称毕数河，经贵州省赤水市至四川省合江县入长江，全长523公里。流经贵州仁怀至四川古蔺的短短60公里，之所以被称作是美酒河，是因为的两岸边分布着一些最有名的白酒：茅台、郎酒、泸州老窖、习酒等等，一共有五百家企业，几十个有名的品牌。这些本土白酒酿酒所需用的水，都是取自赤水河。所以，我们在喝酒的时候，喝的就是赤水河的水。

每年的重阳节这一天，仁怀都要把赤水河水视为上天赐予的圣水而祭祀：在赤水河的上游漂来了几只小船，船上有两个身着汉服的'金童玉女'，他们每人怀抱一个密封的小酒罐端坐于船中。他们从上游取来了圣水。而岸边，等着两位同样身着汉服的美丽姑娘，船靠岸，她们牵着金童玉女的手，穿过人群，走到舞台的最高一层，把圣水倒入酒坛。台下的人群便开始虔诚地向圣水鞠躬、作揖。由此，祭祀酒神和圣水的仪式繁复庄严，可见赤水河在仁怀市人们心里的地位。

我曾经在飞机上看到过赤水河，它如同一条红色的飘带，在大地上九曲回转，在云彩下面隐现。那河水奔腾而下，穿越在贵州的崇山峻岭之间，奔走在狭窄、陡峭的峡谷里，蒸腾着水汽和热气。在水量充足的季节，河水会呈现一种赤红色，而枯水季节里，水流则平缓、清澈，波澜不惊，看不出它的汹涌澎湃和潮起潮落。因为每年的端午至重阳节，因雨季来临，河水呈赤红色，重阳节至第二年端午节，河水则清澈透明。而河水浑浊时，正是茅台酿酒制曲的时间，不需要太多河水，到了清水期，则为投料、烤酒、取酒的主要时期，需要大量用水。

赤水河为什么能够用来作为酿酒之水？因为赤水河流域的土壤是紫红色的，土壤松散，孔隙大，砂质和砾土含量高，渗透性强，地表水和地下水融入土地奔向赤水河时，就被层层过滤和吸收，还顺便带走了土质中的多种有益矿物质。用这种入口微甜、无溶解杂质的水经过蒸馏酿出的酒就特别甘美。这些年，赤水河的水大都能够达到二类水质的标准，水质不错。同时，仁怀市在赤水河沿岸实施退耕还林、治理水土流失，取缔了一些小造纸作坊，对水源水质进行严格的监测和管控，保证了赤水河的水质优良。

贵州高原山地中，气候潮湿氤氲，峡谷间温度高，如同一个个的蒸笼，在夏天里十分适合酿酒。而发酵和蒸馏都是酿酒过程中最重要的环节。除了水，白酒的原料主要是高粱和小麦。其中，高粱酒是非常好喝的。赤水河边所产的白酒所使用的原料，是一种黏高粱。而正是赤水河的水，浇灌着两岸边的酿酒作物黏高粱。去年，我在黏高粱成熟的季节里来到了赤水河边，看到了在莫言的小说《红高粱》中才有的那种壮阔的、无边无际的红高粱。那大片的高粱地里，生长的都是黏高粱，高粱穗子饱满、丰厚、结实、蓬勃，但却都谦逊地低着头，点染着赤水河边成千上万亩的土地。

黏高粱属于禾本科，高粱属，是一年生的草本植物。在饥荒年里是最好的粮食之一，现在的太平世道，则是酿造上等白酒的最重要原料。黏高粱的秆是实心的，中心有髓，甜高粱秆子可以当甘蔗一样嚼着吃。黏高粱的叶片和玉米叶子很相像，厚实、窄长，叶面上蜡粉，显得平滑、润泽，在太阳底下会反射出光亮来。黏高粱的花序是圆锥体，成熟的高粱穗分为带状和锤状两种，颜色则是那种深红和暗红。

在高粱地里，我随手摘下一把高粱穗，用手碾去外壳，可以看到高粱籽呈现圆形，微微扁平。黏高粱品性温和，喜欢温暖的地方，能耐旱、耐涝，生性顽强，在我国的大地上处处都可以生长，其中，东北的产量最多。在东北，每年的正月二十五，农村里过去家家讲究煮黏高粱米饭，然后用秫秸棍编织一只小马插在饭盆上，意思是马往家驮粮食，可以丰衣足食。由此可见，在北方地区，黏高粱是多么重要的粮食。站在赤水河边那大片的红高粱地里，我感觉到自己仿佛也是一棵高粱，和大片唰唰地迎风而响的高粱成为了兄弟。

黏高粱的生命力很顽强，因为有一个"黏"字，黏高粱的"黏"，是忍耐和坚持，是固守和持久，因此比一般的高粱更好，作为食物原料，可以磨成粉，烙高粱饼子、蒸年糕。有了黏性，那么这样的高粱拿来做酒，就是再好不过了。因此，在赤水河边的那些名酒，就具有了独特的地理优势和黏高粱这种特殊的原料，因此成了自然天成之作。我曾经一度非常喜欢喝威士忌、干邑等欧洲的酒，但是最终，就像我不喜欢喝咖啡而继续喝中国茶一样，我还是回到了喝中国白酒的老路上。一方水土养一方人，哪里的人就有哪里的肠胃。中国白酒就是中国人的性格，水一样透明，火一样热情。而赤水河边的那些美酒白酒，因为有了黏高粱这样的好原料，再加上独特的酿造工艺，就是能工巧匠之妙了。

我知道，赤水河边种植的大片"红缨子"黏高粱有 30 万亩之多，都是有机农作物，也是赤水河边的原生品种，具有颗粒小、皮厚、坚实、饱满的特点，淀粉和酿造酒必要的单宁成分都很高。因为要拿来做茅台酒的原料，因此，在生长过程中采取了严格的措施，保证了黏高粱的质量和环保，对有机种子、有机化肥、生物农药、杀虫剂的使用是非常严格的，检测也使用了最严格的标准。假如原料有问题，那生产出来的白酒就会有问题，采取的是"订单种植，标准化生产，信息化收购"，在这个方面，质量就是生命，是绝对不会马虎的。这里的黏高粱，可以经得起多次的蒸煮和发酵，依然能够不断地出酒。而小麦则采购自黑龙江、河南等小麦主产区，用的也是淀粉高、颗粒饱满结实的品种。每年，对酿酒原料和产地环境的监测和检测都要进行，也从来都没有出现过问题，因此保证了"国酒"茅台的质量过硬。

每年的秋天，黏高粱生长季结束之时，连穗带秸秆一起被期盼丰收的农家收割，运到空旷的地界，把饱满的穗子剪下来，进行晾晒。等到穗子干透了，就进入到了脱粒的环节。就这样，黏高粱成熟之后，被收割、脱粒，被精心地挑选出来，卖给了酒厂原料收购部门，被运到了酒厂的生产车间，开始进入到了发酵、制曲、蒸馏取酒的那一道道由粮变酒的美妙过程中。

赤水河边的大部分白酒生产工艺，概括起来，大都是以一年一个生产周期，这合着人间的四季更替，春夏秋冬四个时序的轮替流转，因此，中国白酒有着自然天成的道理。酱香型白酒则有着酱香、醇甜、窖底等三种酒体，经过了四十天制曲发酵，六个月存曲，多次取酒、加曲、堆积、入池发酵和蒸煮，最终，那些在大地上谦卑地低下头的黏高粱颗粒，都变成了透明的涓涓白酒的细流，从蒸馏器皿中流淌了出来。然后再经过长期储存，让有益矿物质和微生物充分地作用，也就是让时间本身酿造芳香和醇美，最后，再经过和各种不同年份的老酒新酒一起精心勾兑，赤水河边的美酒，就这么诞生了。

黏高粱变成了透明的、有着水的外形和火的性格的中国白酒，这个过程是脱胎换骨，是凤凰涅槃，是四季轮转，也多么的富有年轮和时间流转的诗意啊。

慈溪的古瓷与新桥

　　说起浙江慈溪这个地方，我会立即想起来两个符号：青瓷、杭州湾大桥。青瓷是慈溪的古代文明的象征，杭州湾大桥是慈溪的当代经济高速发展的象征。这个符号，从物质文化到文学与精神层面都有了，构成了我对慈溪鲜活的记忆与印象。

　　先说说青瓷。我已经是第三次造访慈溪的上林湖了，因为在上林湖的边上，有一座著名的越窑青瓷的遗址。今年夏天，上林湖的湖水似乎特别的充盈，也许是南方今年多雨的原因，那沿着湖岸供游人步行的小道，都被水淹没了。乘坐机械铁船游览上林湖，可以看到怀抱湖水的翠屏山青翠欲滴，周围的气氛寂静而神秘，好像掩盖了一个不想为人所知的秘密。我观察上林湖水，感觉到那水的颜色就像这里曾经出产的青瓷一样润泽，在船舷边捞上一捧，感觉到手心里特别润滑，就如同某种奇特的釉色液体。

　　中国是瓷器之乡，瓷器之都。有历史学家说，中国除了有石器时代、青铜时代、铁器时代之外，应该还有一个是瓷器时代。不过，中国的瓷器时代太过漫长，用来指代某个特殊的历史时期，似乎也不确切，因为到现在，我们仍旧在日常生活中大量地使用瓷器。上林湖的边上，到处都是可以被称为是"文明的碎片"的瓷器、模胚的残片，随手就可以捡上几块。我听说杭州诗人潘维就偶然捡到了一个器形完整的青瓷碗，虽然是碎的，可是拼接起来竟然完好如初。湖面的山坡上，还有一座距今千年的青瓷老窑的遗址。遗址上方修建了一座长廊，由十五重檐叠加起来，构成一座外形奇特的亭子，很好地保护了裸露出来的窑址，缓慢沿着坡地向上的遗址里，从土层中裸露出很多瓷器的泥胎和模具来。据说，光是在上林湖的周围发现的唐代越窑遗址，就有一百七十多座，而附近的翠屏山周围，还有其他几面小湖，都发现有越窑的遗址，可见这里生产青瓷，在唐代是多么的繁盛。

越窑青瓷的颜色乍一看不是那么扎眼，也不是那么好看，有些像绿豆发霉了的颜色，也很像茶叶的颜色，难怪很长时间里不是宫廷里的爱物。可是，这种颜色看久了，就看出味道来了。越窑青瓷后来成为唐朝宫廷里面的爱物，并且成为了高度发展的唐代文明的一部分，和越窑青瓷的技术发展有关系。青瓷和青花瓷完全是两种颜色，因此，越窑的青瓷的颜色，后来又长久地被称为是秘色瓷。秘色瓷很长时间里，都不知道是什么颜色，现在，可以肯定地说，是接近青绿色的，还有一种是黄釉色的瓷器，都很珍贵。越窑青瓷的历史据考证起始于东汉，而在更早期，这里应该还有陶器的生产历史。慈溪位于浙江东部，烧造瓷器的自然条件，比如陶土、水源和运输条件都很好，当地盛产的松木可以烧出 1200 度的温度，加之水路、陆路交通都比较发达，因此，青瓷的烧造就逐渐成为了这里最著名的出产物。

在上林湖边徜徉，可以看到到处都是瓷器和模具的碎片。随手捡拾一片，你可以猜测这块碎片是盘子、碗和碟子的一部分，还是杯子、菠、瓶、罐的局部？这样的揣摩需要你具有丰富的瓷器器形器具的知识。上林湖，是接近慈溪古代文化的一个入口，她安静地铺展在大地上，以满地的青瓷的碎片，无声地叙说着沉默千年的历史。

　　再说说大桥。慈溪地处东海边，靠近杭州湾，是在一片滩涂之上发展起来的城市。从历史上看，慈溪就是盐碱遍地的滩涂，是不适宜人生存的，可是，就是有那么一批先民，在这样的地方移民围垦，硬是从滩涂和盐碱地上要回来了生存的土地和空间。而且，在有河湖的地方造窑烧瓷，烧出来了举世闻名的青瓷来。在围垦、移民和青瓷文化的辉映之下，慈溪人以坚忍不拔的创造精神，一步步地走到了今天。眼下，杭州湾跨海大桥已经建设成功了，几年前，我第一次来这里看的时候，只见一片滩涂的中间，还只是一些桥墩子，等到我第二次来的时候，就看见了一条巨龙的龙骨出现在杭州湾的水面上。这一次来到这里，一条钢筋水泥的彩虹跨越了烟波浩渺的杭州湾。在我的眼前，由国人自己建设、自己投资的杭州湾大桥，就这么迅速地建设成功了！大桥上，我看到的都是新鲜的交通标志，还有七彩颜色粉刷的桥面格栅，会让通过大桥的司机在开车的时候眼睛不至于过于疲惫，要是颜色单一了，就容易出交通事故。宽阔的上下六车道加双向紧急车道的大桥，在杭州湾上流畅地弯曲着，沿着弧线型的线条，向对面上海境内探过去。而杭州湾大桥的尽头，就是长江的出口，中国的经济龙头——大上海。记得那年我先去上海开会，然后取道杭州来慈溪，在上海境内就堵车，到了杭州还迷路了，转了半天，才上到了杭州到宁波的高速公路，却看到，到处都是大货车，难怪，长江三角洲的经济发达，人流、物流量很大，高速公路也是熙熙攘攘的，我走了六个多小时才到达慈溪。二〇〇八年，杭州湾大桥开通之后，慈溪到上海的距离立即缩短到一个多小时了，不用再从杭州绕一个弯子到上海了。三十六公里长的大桥，直接将宁波、慈溪的经济快车道，接到了长江三角洲的龙头上海，一下子使慈溪变成了上海的经济发展和产业后援地带。上海本来就为自己的发展空间感到了局促，这大桥的建成，必将使宁波地区和上海的联系紧密起来。从历史上看，宁波和上海的关系就非常紧密，据说有三分之一的上海人是宁波人。吃苦耐劳的宁波人到上海滩闯荡，造就了上海在中国现代史上的辉煌，成为了远东的一颗光辉灿烂的明珠。在上海，过去就有"宁波帮"的说法，是宁波人依靠自己的智慧、勤劳和团结，造就了宁波帮的商业文化，烘托出近现代中国史上辉煌的一段历史。

而今，杭州湾大桥将慈溪推到了上海的边上，因此，慈溪也有了新的发展机遇。在未来数年间，我看，光是大桥南侧慈溪的滩涂上，正在兴建的慈溪杭州湾新区，就大有发展空间。这里肯定会以交通优势和土地资源的优势，成为发展的新热土。

青瓷和大桥，两个不相干的符号，却成为了慈溪连接过去和未来的象征。

昌江的木棉花

以前去海南，主要在海口和三亚活动，对海南东海岸的风景比较熟悉。但我很早就知道海南有大山。上中学的时候，我读过孔捷生写的小说《大林莽》，说的是几个知青下乡，进入到海南的原始森林里，企图开辟出一条新路，结果，他们在森林里迷路了，有的得病了，有的鼻子里爬进去了可怕的蚂蚁，好几个人没有走出去，最终在森林中丧生。

现在看来，《大林莽》可以说是一部象征主义小说，那"大林莽"象征的就是上世纪六七十年代的社会氛围，如同迷雾、迷宫和不可测知的地域，你进去了，能侥幸安全地走出来，就非常幸运了。那些当年下乡的"知青"就那么在时代的迷雾里出不来了。所以，我十多岁就知道了海南的原始森林的可怕。

这次来到海南昌江，我才目睹了海南西线那壮阔的、山海相互映照的风景。离开了苍茫的海岸，汽车就拐到了上山路，景色逐渐青翠和秀丽起来，我们一气就上到了霸王岭的原始森林山庄，进入到天然的氧吧里。昔日的小说《大林莽》给我留下的迷雾一样可怕的记忆，在我眼前顿时消失了。代之出现的，是茂密而友善的森林，植物繁茂的世界张开了欢迎的怀抱，让我们这些被城市汽车尾气差点毒死和被那些高楼大厦挤压得快得了精神病的人，都感到了畅快和欣喜。

人是猿猴变的，难怪我每次见到森林和山地，都会有一种天然的、本能的欢快，就像是到了老家一样，久违的隐秘的原始记忆会在我内心里浮现，我会嗷嗷叫着扑向那些我再也爬不上去的参天大树，拥抱住树干，如同拥抱住老母亲那久违的怀抱。传说，这里还有两群长臂猿猴，一共二十多只，是比大熊猫还宝贝的动物，但一般人很难见到，它躲避人是躲得远远的。

霸王岭名字很霸气，但风景却非常宜人，有着原始森林和原始次生林的景观，植被非常茂密，如果你离开特地开出来供游览的山路，那么你连插脚的地方都没有，因为到处都是草木藤蔓，还有藤竹、野生兰花等各类植物。为了便于游览，霸王岭以及附近的山岭开辟出几条铺设了木板的山路，分别叫作"情道""霸道""天道""钱道"和"王道"。

我想，那些游客大部分都是俗人，因此，为了吸引他们在游览时的兴趣，山道恐怕就要起一些让他们兴奋和关心的名字。人生在世，无非是婚姻爱情、事业霸业、发财致富、天道人伦。因此，这些现实的、俗世的概念，就成为了几条山路的名字，可以供你选择：你是喜欢走曲径通幽、柳暗花明的"情道"呢，还是喜欢看到滚滚巨石横陈在山谷里的"霸道"，由此想到像项羽那样即使成就不了霸业，也要在历史上留下巨石一样的传说？

"天道"，则弯弯曲曲地往最高的一座山峰上钻过去，运气好的话，还可以在半山腰的云雾里穿行，但见白色的飘带缠绕山间，行人走在山路上，在云雾中游走，就如同走在仙境里，在童话里，在传说里，在天堂里，在一种超越了俗世的宗教氛围里。最后，登上最高处，一览天下，可以见到眼前的山峦如同波涛一样簇拥过来，以你为中心，形成了一种向心的秩序，那种豪迈和天人合一的感觉就会在你的心头浮起。

你要是喜欢财源滚滚，那自然要去走"钱道"了。那在另外的一座山岭上，钱道走起来，也是婉转回环，高高低低的，可见钱道就如同股市一样，或者就如同过山车一样，可见人发财还是很不容易的。

接着，我们就走上了"王道"。"王道"上，走不多远就可以看到两个人抱不过来大松树，有两棵这样的松树，分别被命名为树神和树王，都是陆均松，树王的年龄据说是一千六百年，从魏晋时期就开始生长了，树神的年龄更老，据说已经生长了两千年，那就是说，从汉朝以来，这棵大树就站在那里，经受着雨雪风霜和岁月的侵袭，看遍了星辰日月和人世间的风景。当我上上下下走完了"王道"，看到那树神和树王这样的大树，肃然起敬，真的是有一种对万物生灵皆有灵的敬意了。

山上还不时地可以看到野兰花，生长在枯树的根部，隐藏在茅草的旁边，细心地看，才可以分辨出来。

徜徉在昌江的山林里，你会有一种由衷的畅快。

在这个季节来到昌江，正赶上了木棉花开。当地政府也借助木棉花季，打造着自己的文化和旅游的地域符号。过去，我没有见过木棉花，或者没有直接地目睹那么多木棉树开花的景象。

我听说过木棉花，还是因为以前看过的一部武打片《木棉袈裟》，里面的大和尚穿着一件红艳艳的袈裟，就是木棉的红色。但我一直不知道，"木棉袈裟"到底指的是用木棉做的呢，还是颜色像木棉花一样鲜艳。这次来到昌江，当地的朋友给了我确切的答案：木棉袈裟，指的就是木棉的大红色，那种鲜艳亮丽的红色袈裟，只有寺庙里的主持大和尚才可以穿。至于袈裟的质地，可以是丝绸和布料，也可以是别的。

木棉树身材挺拔高大，一棵棵地站在河谷里，山道边，农田旁，村舍中，精神抖擞，气宇轩昂，满身挂满了红色的花朵，那感觉，真的像一个披红挂彩的英雄男人，从战场的硝烟里得胜回到了家乡，或者，就如同就义的战士那样浑身鲜血也站立不倒。因此，木棉树被称为是英雄树。

我很兴奋，近距离、远距离地调整着视距，如同画家和摄影家那样从各个角度观察着、欣赏着木棉树，在山坡上的木薯地里、在水稻田里、在椰子树旁，观察着木棉树，为木棉树的苍劲、雄奇、潇洒的身姿所感动。木棉花的花朵颜色鲜艳，花朵硕大繁茂，开花之前是先长叶子，叶子落了就开花，结果开了一树的红色大花，累累的，如同石榴和柿子一样的花朵沉甸甸的，挂满了枝头，在满山、满田野都是绿色的背景下，木棉却一树的大红、橘红和鲜红，真的是蔚为壮观，很扎眼，很跳跃，很超越地出现在人们的视野里，带来了一种强劲的美，和坚忍不拔的精神。

过去，海南的黎族人家里生了孩子，就会种上一棵木棉树。据说木棉浑身都是宝贝：木棉的材质松软，可以做成家居用品；木棉花可以晒干了做药，清热解毒，对消化系统的疾病有疗效；木棉籽则可以抽出里面的毛絮，除了做成黎族很出名的黎锦，还可以做成枕头和被子。那种手工的木棉籽枕头和被子如今比较少见了，这原来可是当地的黎族人的拿手东西。木棉籽被子盖在身上，不如鸭绒被或者别的什么绒的被子那样轻盈，显得十分沉重，但是那种沉重中，其实有着环保和保暖的作用，我是希望以后回到手工时代，木棉被子重新成为宠儿。因为，手工的东西总是最珍贵的。

几天的游历，昌江除了霸王岭原始森林风景区和七叉河的木棉树，还有南尧河的十里画廊，海尾镇的棋子湾原始海景区，真是怪石嶙峋，有海龟一样的大石头，也有棋子一样的石头布满了海滩，完全不同于海南东海岸的秀气和柔和，显得十分狰狞而突兀，让人流连忘返。还有黎族的聚集区里的民俗风情和居住环境也值得去探访，比如，保留下来的原始的"船形屋"和黎族民俗风情区，都是值得一看。

那我就下次再去吧，这样就还有另一篇写昌江的文章在等着我了。

苍南的山海与文脉

在阿根廷小说家博尔赫斯的早期短篇小说集《恶棍列传》中，有一篇使用了中国题材的短篇小说《女海盗金寡妇》，格外让我注意。小说中，和官军对垒的海盗金寡妇骁勇善战，在大海上多次打败官军水军的围剿。但是，有一天，当官军放出上面绘制有龙和狐狸的风筝时，海盗金寡妇却很快投降了："轻灵的龙旗每天傍晚从帝国的船队腾空而起，徐徐落到了江面和敌船的甲板上。那是用纸和芦苇秆扎的风筝似的东西，银白或红色的纸面上写着同样的字句。金寡妇急切地察看那些飞行物，上面写的是龙和狐狸的寓言：狐狸老是忘恩负义，为非作歹，龙却不计前嫌，一直给狐狸以保护……金寡妇恍然大悟，她把双剑扔到了江里，跪在一条小船上，吩咐手下的人向帝国的指挥舰驶去。傍晚时分，天空中满是龙旗，这次是杏黄色的。金寡妇喃喃地说：'狐狸寻求龙的保护。'然后上了大船。"

这篇带有神秘主义色彩的小说，就取材于温州苍南县渔寮大沙滩的外海，而女海盗金寡妇的原型，就是当地有名的海盗蔡牵妇。清代嘉庆年间，东南大海上出了一个大海盗蔡牵，他崛起于乾隆末年至嘉庆年间，那个时候官场腐败，民不聊生，蔡牵是海盗起义军，和清军的水军战斗，劫掠清军的物资，并不肯归顺清廷，最后的命运是自焚战船而死。蔡牵妇在海盗丈夫蔡牵死后，继续领导海盗和官兵对抗。在苍南的史料中诞生了这样一篇小说杰作，而且是拉丁美洲文学巨擘的杰作，实在是很神奇。

那天，我们来到了渔寮大沙滩，空旷的海湾冷风呼啸，没有游人，海面阴沉，只有我们坐船出海。船在海上走了一个多小时，虽然没有什么风浪，光是大海的律动就让我们受不了，几个人都哇哇地吐，把早餐都吐干净了。大海的确厉害，她不喜欢那些娇弱的陆地动物。我在想，蔡牵妇在这样的大海上能征善战，我们真的是条虫子了。没有多久，船就掉头回航了。等到我们回到了岸上，天气忽然好了，阴转晴，一时间，海天一色，沙滩上游人在寻找贝壳，这个渔寮海湾的确十分美丽，让我们忘记了大海给我们的教训。我也似乎从退却的潮水中，从远处的帆影里，看到了蔡牵妇渐渐消逝的背影。这里的大海是灰色的，不见天的蓝色，但却蕴藏了东海的壮阔和丰富。

说了蔡牵妇，还要谈到苍南一个明代抗击倭寇的驻军所，叫作蒲壮所城。我们一行人来到蒲门的蒲壮所城，正好碰上下雨，雨水打湿了城墙，空气却变得格外的新鲜。已经闻不到历史的硝烟了，眼前，我看到保存完好的几公里长的城墙，把一个安详的村子完全包裹在里面。妇人和孩子在城里行走，淡定而从容。1389 年，为了抗击倭寇，明朝人在这里设置了壮士所城、蒲门所城，后来壮士所城归入蒲门所城，合称蒲壮所城，即蒲城。这里的驻军在明代抗击倭寇的历次战斗中，都发挥了重要作用。倭寇骚扰中国沿海居民，主要就是抢掠财物，他们擅长舟船，来得快，跑得也快，后来也集团化作战，因此很难防御和捕杀。但明代将领抗击倭寇最终获得了成功，跟建立军事镇所，后勤保障和军民联防，起到了很大的作用。现在，在围墙里面，当代苍南人的日常生活还在安闲地继续着。有意思的是，作家哲贵告诉我，苍南方言众多，至少有八种，蒲壮所城里面说的话，城外的人就听不懂了。

离开蒲壮所城，我们驱车直奔玉苍山。玉苍山原名叫作寿山，为南雁荡山的余脉。沿着弯曲的山路盘旋上山，我惊诧于这座山上树林的茂密。虽然是杂树生花，但是玉苍山的奇秀还是东南一绝。朋友告诉我，这山上的树都是近几十年长起来的。1958年大炼钢铁，这山上的树几乎都砍完了，全都拿去炼钢铁了，结果出来的是一些废铁疙瘩，但却把玉苍山毁成了癞痢头。希望这样的历史的愚蠢，再也不要发生了，但谁都无法保证历史不是循环的。因此，眼前的苍翠来之不易啊。我贪婪地呼吸着新鲜的空气，目光在各类树林中寻求小动物的影子，聆听山鸟的鸣叫。

到了山顶上的华玉山庄里住下来，我们赶紧去看了落日之下的晚霞。山影淡然，真的叫作层峦叠嶂，一层层的由近到远逐渐地铺开，都被晚霞点染成了洇红的色彩，在夜幕逐渐来临之下，黯淡了下去，那个过程是非常动人的，你不由得联想起生命消失的深沉和悲壮，联想起万物都有始有终，都会诞生和灭亡，什么都不例外，存在眼前的，却是几乎永恒的大自然。

早晨看玉苍山，又是一番景致了。站在山顶，恰好可以看见从山谷之中弥漫而起的云雾。玉苍山的云雾因此而值得赞美了。那些云雾稠密而轻飘，起于山林，聚集于眼前阔大的山谷，开始在树林的顶梢上流动，但决不超越于山巅，就在山谷里弥漫，流淌，变形，如同万千白色的丝绸大布在微风中晃动，又如同从山谷间流溢而出的凝脂，不断地变化，伸展，改变着眼前秀美山林的模样，点染了大好河山。等到太阳顽强地腾越而起，这些白雾轻云就都消失不见了，天空湛蓝，一架飞机拖出来一条白色的烟线，给天空画出了格局。

玉苍山还有一看的，就是它的石头。玉苍山上的石头大多呈现黑色，如同巨大的黑色鹅卵石，带着史前时期的沧桑和顽皮，聚集在一起，又像恐龙下的蛋，又像是一场巨大的力量所形成的怪石公园。这些巨石细看也是千姿百态，像自然界里的各种动物，尤其像是龟类的集群。但我还是把它们看成是石头，不说话的，寿命比我长得多的值得敬畏的石头。今后我们都消失了，玉苍山的石头一定还在那里，继续诉说时间的沧桑和大自然的美丽。

除了山海的对称的美丽景色，苍南的人文脉搏，也跳动得十分欢快。这些年，温州出了一个在全国引起影响的青年作家群，像王手、吴玄、钟求是、哲贵、东君等十多位作家，拿到全国范围里看都是不错的，代表了这个时期的写作水平，这些作家的作品成为最近二十年非常独特的文学构成。他们既讲究写作的技巧，能够从历史的复杂材料里寻找到写作资源，又能对日新月异的现实以文学来描画，顽强地发出了新文学之声。而身在海外的陈河、张翎等温州籍作家，更是成为"新海外作家群"的生力军，以题材开阔的大量作品，成为了炙手可热的热门作家，因此，就有了"温州的文学现象"这么一种说法。大家都知道，温州的经济很有特点，过去比较穷，穷则思变，温州人很会做生意，全世界都有温州人，不仅做生意好，温州人写小说，也出现了那么多的杰出小说家，而且风采各异，争奇斗艳，群峰并起，形成一个格局、群落和文学的"温州派"，这就非常有意思了，就值得研究了，就值得热烈地关注了。

其实，温州的苍南自古就是文脉昌盛之地。史料上载，光是在南宋时期，这里就出了 653 个进士。宋元时期，这里出了不少诗人，像苍南最早的诗人陈桷，在宋徽宗政和二年中了殿试第三名，是个探花，曾官至礼部侍郎，陈桷的诗作主要收录在诗集《合掌岩》中。南宋理宗年间，苍南还出了个文状元徐俨夫。宋元时期杰出诗人还有林景熙、陈高、郑东、郑采、张著等人。郑东和郑采是一对兄弟，据传有诗集《郑氏联璧集》流布，但如今已经佚失了。张著的著作中只剩《永嘉集》残卷，由苍南当地的文人杨奔先生点校出版。苍南的文脉，在明朝没有什么起色，一直到明末崇祯年间出现了诗人项师契，后面还有诗人华文漪、女诗人谢香塘等，继续延续着苍南的文脉香火。所以，如此看，当代温州小说家的群峰竞起，绝对不是偶然的，是温州文脉的代代相传，是温州当代文化的勃兴，也是温州人精神内化在文学里的绝佳反映。

第三辑

烟台昆嵛山记

六月间，酷暑将至，去海边叩访仙山和海岛，是一个好时节。刚好山东烟台牟平区举办了一个"养马岛读书节"，请几个读书人去，我也应邀随行。

养马岛距离陆地大概不到一公里，形状像一枚海参，一座大桥使之和大陆相联结。这个小岛在传说中，是公元前 219 年秦始皇东巡时放养他喜爱的骏马的所在，因此才叫作养马岛。在岛上居住，吃海鲜，看海景，闻海风，做海梦，都是十分惬意的事情。

而且，牟平不光有海岛，还有河、山、泉、寺都可一看。尤其是昆嵛山，更是值得一看。来山东之前，我刚好写完了一部中篇小说，讲的是宋元时期的著名道士丘处机不远万里，应成吉思汗的邀请，前往西域大雪山下（今天的阿富汗兴都库什山下）给成吉思汗讲了三次道的故事。而昆嵛山恰巧又是道教的全真教派的发祥地，附近不远处的栖霞市又是丘处机的出生地，我就非常想实地造访。

昆嵛山位于山东牟平县东南端，驱车半个小时就来到了山脚下。

远看昆嵛山，就觉得非常奇特：山是岩石山，很多地方都裸露着灰白色的山岩，如同巨大的石龟卧在松树和橡树林里，很有些神秘气息。这样的山峦，奇崛而灵秀，巍峨而险峻，适合驴友攀登，也适合国画家来创作。但见四周层峦叠嶂，山林郁郁葱葱，溪水潺潺绕山而下，树林密布，氧气充足，植物茂密，的确无愧于国家级森林公园的称号。我爬过不少名山大川，但是昆嵛山给我的第一印象就是"山不在高，有仙则名"。

沿着蜿蜒的山路可以一直把车开到神清观的门前。道教是中国本土宗教，其重要教派全真教发源于昆嵛山上，并不是一个神话传说，而是一个重要的历史文化事件。公元1167年，陕西人王重阳在终南山修道成功，云游到昆嵛山下，先收马钰和孙不二夫妇为徒弟，后来，又陆续收了丘处机、谭处端等几人为徒弟，一共七个人，号称"全真七子"，开始在昆嵛山上的烟霞洞内修行，之后，才开始四处云游并广收门徒，全真教派从此勃兴。

神清观可以说是全真教的祖庭，建立于金代，后来多次被焚毁。那是一个战乱频繁，民不聊生的时代，先是南侵的辽国和北宋打仗，使北宋变成了南宋，然后是金灭了辽，金又开始和南宋打仗，接着，是成吉思汗的崛起，他开始联合南宋，攻打金，并西征西夏和花剌子模帝国，最终，成吉思汗的孙子忽必烈统一了中土大地，建立了元朝。战乱年代，人的生死祸福很难逆料，因此宗教的力量就开始显现，道教的勃兴就有了土壤。

公元1219年，成吉思汗年近六十，连年的征战已经使他感到了疲倦。这个时候，他网罗的手下的汉族大臣就告诉他，说山东栖霞的丘处机道长传说已经三百岁了，可以说是长生不老的神仙，应该请他来讲解长生的秘诀。成吉思汗正感到精力衰退，就立即派人专门到山东请丘处机讲道。

应成吉思汗的诏请，丘处机审时度势，认为金和南宋的力量逐渐衰微，作为全真教的教长，他肩负着振兴教义的使命，就应该顺应天意，前往成吉思汗处宣讲道教真义。于是，他带领十八个弟子，前往成吉思汗的大营。他先来到了北京，听说成吉思汗已经西行，休整了一段时间，然后一路北上，来到成吉思汗起家的极北大草原，见到了驻守那里的成吉思汗的弟弟，然后继续艰难西行，前后走了一年多的时间，才抵达了西域大雪山下。那个时候，成吉思汗正带领他的几个儿子攻打花剌子模帝国。1222 年的 9 月，成吉思汗彻底消灭了花剌子模帝国的力量，才有精力专心听丘处机的讲道。相传，成吉思汗见到丘处机，问的第一句话就是，"神仙远道而来，可给我带来了什么长生不老药？"

丘处机回答："有养生之道，而无长生之药。"

成吉思汗很赞许丘处机的诚实坦诚，认真地听了三次讲道，还嘱咐随从认真记录并翻译给他看。那几次讲道，丘处机除了讲养生之道，还劝诫成吉思汗少杀生，并让人民休养生息，并为山东等地人民请求减免赋税。成吉思汗一一答应了。后来，丘处机又走了一年的时间，于 1224 年回到了燕京，居住在如今的白云观内。1227 年，成吉思汗和丘处机先后离世。

我们眼前的神清观是后来建设的，道长很年轻，也很热情，身穿道袍，脚踏布鞋，招待我们吃西瓜和樱桃，看我们挥毫留下诗句。之后，我们沿着石板路前往山上的烟霞洞，并经过了当年传说中的全真七子中唯一的女道士孙不二修行处，那里有一口井，井水满溢，几乎和井口平行，用手就可以掬水喝。这水的味道也有些仙水的滋润和清凉。

继续上山，没有多久，就来到了烟霞洞。烟霞洞位于一块岩石的下面，里面的空间并不大，有雕凿的石床，也就刚刚够坐五六个人修行。里面还有一些香火气息，可以想见当年王重阳和他的几个弟子在这里修行的艰难困苦。

看完烟霞洞，我们下山，又前往九龙池。那是一条隐藏在山里的瀑布，一路上可以见到山溪清澈无比，水潭里游鱼成群。来到瀑布之下，但见一条白色瀑布，带着喧哗的水花，从山上一路奔泻下来，如同盘绕连接起来的九条龙一样热闹。

下山之后，我们在一家山野菜馆吃饭，其中有一道菜叫作三山珍，是由蜂蛹、蝉蛹和一种三四寸长的青白色大肉虫组成的，蜂蛹、蝉蛹我吃了，那大白虫，据说是过了一道油炸的，看了半天，我还是不敢吃。同行的一个作家吃了一条，之后就一直不说话了，后来回宾馆的路上在车子里突然忍不住开始往塑料袋里呕吐了。司机急忙停车。原来，他就是吃了那虫子觉得心理膈应和拧巴，最终，吐了出来，马上好了。

离开昆嵛山，一路上可以见到很多黄色的山菊花在开放，非常漂亮。昆嵛山那黝黑的躯体在苍白的暮色中隐去，如同神仙和历史在云雾中消失。

番禺三色

我来过广州很多次，就是没有到过番禺。来到了番禺，才知道是"先有番禺，后有广州"。番禺，从字面上我有些想当然地觉得，有些像是"番芋"的衍生，似乎这里出产某种芋头，可能是从国外来的，很好。实际上，番禺的字解，是因为这里分别有番山和禺山两座小山，因此而得名。早在秦代，设立了南海郡，这里就是郡治机构的所在，可见番禺历史的久远绵长。

番禺，作为大广州的一部分，她得改革开放风气之先，很自然，经济发展就非常迅速，这一点，可以从她的高楼大厦和车水马龙一眼就能看出来。一路走过，几天的时间里，我看到了番禺的三种突出的颜色。

第一种颜色，是番禺的现代建筑亮丽之色。

作为大广州的南部重镇，又是 2010 年秋天亚洲运动会的主会场和运动员村所在地，这里的建筑非常新鲜亮丽。亚洲运动会是全亚洲的一次重大的体育盛会，因此，为了迎接这次盛会，坐落在番禺的广州亚运城的设计十分巧妙，在原有的水系基础之上，园林式的建筑群拔地而起。具有收集雨水功能的环抱型大型体育馆，建筑外观也很独特，非常接地气，类似某种地衣的延伸物。而媒体村和运动员村互相守望，彼此还有一段距离，互不干扰，又被掩映在曲殇流水和小树林之间，由曲径连接，和土地浑然天成，成为低碳和环保的建筑群，而各种现代科学技术手段，被广泛地运用到建筑的内部设施中。可以想见，广州亚运会在这样的建筑和环境里举行，对人的心情和状态，都是很好的提升。

番禺还有一座大学城。大学城的构想，自然是因为大学扩招所肇始的。关于大学扩招，最近几年争论比较大，但是我还是觉得利大于弊。大学教育的精英化变成了大众化和普及化，无论如何都是好事，至于学生素质的下降，那是因为过去招的都是尖子，现在是尖子和庸才并存罢了。大学扩招，国民高等教育入学率达到了23%，可是，还是比不上美国，要达到毛入学率40%才算是高等教育大众化和普及化。因此，大学教育恰恰要的是继续发展，在不断改革中革除弊端。所以，广州大学城的构想是很好的，是在城市土地稀缺的情况下的集约式发展，就是把各个大学集中起来，形成城市中的高等教育片区。这在英国、美国等发达国家，都有过尝试。广州大学城是总体规划，逐步建设起来的，眼下已经有了相当的规模，十多所广东重要大学入住，但见体育馆、教室、操场、学生宿舍、办公楼、留学生宿舍、实验楼建筑鳞次栉比，形成了一种特殊的建筑景观。绿化也很不错，而不光是建筑新鲜亮丽，这里走动的全都是年轻人，小伙子满脸的朝气，女孩子满脸的秀美，形成了番禺的现代亮丽之色。至于番禺其他地方的现代亮丽之色，分散在她的大街小巷，和番禺现在产业园里，也是不胜枚举。

第二种颜色，是番禺的自然山川秀美之色。

我们来到了莲花山，莲花山位于珠江口的狮子洋，从这里可以望见珠江逐渐归入大海所形成的开阔的海面，海面上，群帆竞争，在波涛汹涌中来回穿梭。进入到莲花山的内部，我们惊异于这里的荷花池塘，古代采石场遗址见证了岁月的沧桑，丹霞地貌形成的天然巨石和岩洞，以及小巧的流泉飞瀑。飞鸟、昆虫发出的各种声音，召唤着在现代快节奏生活中的人们找到心灵和肉体的休憩之地。莲花山是一座海拔 108 米的小山，但是却成为了番禺的绿肺之一，里面绿树掩映，曲径通幽，人在画中行走，别有洞天胜景。

大夫山是另外一个体现番禺自然秀美之色的所在。大夫山，相传为纪念西汉名臣陆贾所命名的，海拔 226 米，是番禺最高峰。大夫山森林公园是免费向所有市民开放的城市生态公园，也是番禺最重要的城市绿肺。多亏了大夫山，每天都可以生产出很多吨的氧气，才使得城市里的空气不被二氧化碳所充满。湖光、花草、田园、草坪、森林、水寮、楼台、亭阁互相呼应，彼此映衬。由森林和蜿蜒的水系所引导出一条僻静而充满了负氧离子的游览道路，带领我们进入到具有岭南风格的园林里，山、水、路、石浑然一体，共同体现出番禺的自然秀美之色。

番禺的自然秀美之色不仅体现在这两座山林中，还体现在眼下的城市环境保护和绿化美化上。

第三种颜色，是番禺的历史文化的醇厚之色。

番禺的历史人文之色深沉厚重，出土的陶器、铜器和瓷器，说明了这里在西汉就有成熟的社会组织，人们的生产和生活安详繁忙。徜徉在博物馆里，我们可以穿越时间的隧道，看到一条生命之河从古代踏空而来，呼啸而去。

在沙湾，可以看到非常具有古粤风情的建筑村落，用蚝壳和水磨青砖建筑的房子完全是岭南风格，古祠堂到处都是，村社和宗族结构完整，加上形成了独特的环抱建筑群，使我们看到了人的瓜瓞延绵，生生不息。这里的人文记忆丰厚，生活形态还是活的，尤其是一种叫作番禺飘色的民间文艺样式，非常生动而有特点。番禺飘色中，最有名的就是沙湾飘色。什么是飘色呢，飘色又叫作抬阁、高台、走阁、彩架等等，是结合了花轿、仪仗、戏剧、花车游行、舞台美术等样式的综合群众艺术，非常具有民俗价值和文化价值，是岭南地区民间文化的一个活的奇观。从飘色表演中，可以看出岭南人的世界观、自然观和生活观。那些我们耳熟能详的历史传说和故事，被飘色一年年地演绎成群众的欢乐之节日，构造了共同的文化记忆。

大岭村是番禺的历史文化名村，这里的大榕树很古老，榕树下的青石桌椅边的老人喜欢喝茶和讲古；一座古老的石桥接龙桥，建于清代；陈氏大宗祠非常气派开阔，三进结构比较少见。文魁阁耸立，说明了这里对文化传承的极端重视。明清两代，这里出的状元、举人、贡生、秀才不胜枚举。

番禺现当代历史上，还出了大音乐家冼星海和以画家高剑父为首的"岭南画派"，为番禺的现代文化添上了一笔浓墨重彩。冼星海作曲的《黄河大合唱》是我们很熟悉的，可是，到了番禺，我们会了解到他更为丰富和复杂的音乐创作。对于一个音乐家来说，他的这首著名的代表作太有名，而多少掩盖了他的更多的音乐风格的作品的价值。观察冼星海的心路历程，可以看到一代中国艺术家的心路历程。实际上，我觉得对冼星海还需要再发现，他远比我们一般认为的要丰富得多。除了冼星海，还有何柳堂、何与年、何少霞等"何氏三杰"，创作出了《雨打芭蕉》这样的著名作品，发展了广东独特的民间音乐。

"岭南画派"是中国现代绘画史上非常重要的一个画派，由高剑父、高奇峰、陈树人作为核心人物，创造出一种风格独特的带有广东特点的水墨画，就是点染和用笔比北方的画家们更多层次、线条和意蕴，非常风格化，从而形成了一个画派，另起炉灶，别有章法，在艺术上是十分不容易的。

　　要想说清楚番禺的历史文化的醇厚，并不是一件容易的事，点到为止，就已经蔚为大观了。因此，番禺三色，绝对吸引我想再次造访。

坝上的秋天

前往承德的路上可以看到澄明的天空。北方的天空在秋天忽然就会变得辽远，那些雾霭和粉尘似乎都飘散和沉降了，把一个开阔空旷的大地与四野还给了我们。

风变凉了，我可以感觉到有寒意正在从天空深处俯冲下来。

从北京到承德的路一直是上坡，海拔逐渐升高，汽车喘着气，略显疲惫，山峦渐次拔高，行路蜿蜒，似乎隐含了某个暗喻。

北方白杨和桦树的叶子在这个季节迅速地变换了颜色，在风声中响成秋天的音乐。

承德，北京东北方向的重镇，半部清朝历史的小小缩影，一个盛世逐渐走向衰落的重要脚注，武功、霸业、阴谋和衰亡，各个主题都曾经在这里不经意地上演。

流连在避暑山庄那峰回路转、水泊连天的园林里，梅花鹿可是穿越了时空，从清朝而来？在树丛中聒噪的老鸦，可曾见过王公大臣匆匆消失的背影？沉默的松林，你们是什么样的岁月的见证？

一点感喟，一点心情的起伏，在萌发和云起的刹那间，也就渐渐地在游园的闲适和欢笑中淡去。

眺望远处的庙宇，小布达拉宫那巍峨的建筑，在蓝天下雄姿依然。宗教、民族、国家、文化的融合与和谐，在挥手之间就凝固成了历史。

继续驱车北上，田野的颜色就更加丰富了。秋天的季节一切都在收尾，庄稼在成熟、人心在圆满、大地在打瞌睡，而飞鸟在投林。远山和近处农民的房屋，在远处蠕动、在近处呼啸着擦身而过的火车，土豆、红薯、水稻、玉米、豆角，农作物和农舍，行人和不知忧愁的孩子，都在风景中一一走过。

坝上的秋天，第一次看见你的面容，心里紧了一下，又放松了起来。

坝上，北京北部的高地，连接蒙古高原一片过度地带，像安稳的怀抱，从北部缓缓地拥抱着北京，是北京的一个重要的屏障。

我们来了。我们看见了坝上的秋色，在劲风中，那逐渐变黄的树叶都在鼓掌，在跃动。是为了不知疲倦地飞过头顶的雁群吗？是为了哀悼在草丛中垂死挣扎的一只蜜蜂吗？是为了清晨，在马路上欢快地跑过的一匹黑色的马驹吗？是为了一个农妇在收获金黄色的金莲花吗？

御道口林场和牧场的秋天的颜色是醉人的。在朝阳和夕阳的点染下，一丛丛桦树仿佛被燃烧了起来，像稳固的火焰一样，展现出淬火之后的成熟。

我站在一座建立在塞罕坝制高点的瞭望塔上，看到了万顷松林簇拥过来的紧密和力量。这使我想起来了美国诗人史蒂文森的诗句："我把一个坛子放到田纳西荒凉的山岗上 / 于是四周的荒野就全部向我涌来。"

是的，塞罕坝机械林场的万亩林海，蔚为壮观，都在向一个中心聚集，像活着的士兵，守护着这片高地不被沙漠所袭扰。

不远处，那风最强劲的地方，银色的风车在转动，将光明和动力带给黑暗的夜晚，和平静的白昼。

月亮湖、太阳湖，多么动听的名字，就像月亮和太阳的形状，又是大地之眼，不停地凝视天空。湖面边，小巧的睡莲已经休息了，枯萎了，但是水面的皱纹中，还有蜻蜓在用尾巴点水产卵。

一只艳丽的小鸟忽然从黄草中钻入到天空中，在空中划过一道弧线，它难道被我的探询所惊扰了吗？

船在岸边生锈，提醒着我，它早就睡眠了，不要去打扰一条船的休息。等到来年雪化了，它还会去和水亲近。

啊，此刻，坝上的大地展开了以红色、黄色、赫色、绿色交相熏染的花毯，用绚丽的颜色，把我们的眼睛诱惑。

最美丽的风景显然在一个叫大峡谷的地方。10公里长的峡谷里，一面是灌木丛生的山坡，另外的一面，则是被小白桦所站满的坡地。

大峡谷！世界上有那么多峡谷，而你一定是独特的，和它们都不一样的。你走在峡谷里，可以看到壮观的幕布在你的面前完全展开，一幅巨大的油画或者是水墨画，以大自然本身的鬼斧神工，让你感受到美的巨大力量。

你一定会感受到季节深处的提醒，提醒你注意到岁月的沧桑，注意到时间的轮回，注意到你内心的旋律。

木兰围场，古代打猎的皇帝和士兵在哪里？猛兽消失了，马匹不见了，可是静静流淌过的小河还留存着你们的倒影。

乌兰布通古战场上的厮杀早就结束了，可是，战士的血浸染了土地，给这个秋天带来了空旷的悲凉。

坝上的景色在秋天给我们呈现出她萧瑟阔大的一面。同时，她还将温情和默然都带给了我们。

坝上的秋天，水已经是秋水，有着刺骨的寒冷，而树林则已经是秋林，枯黄的叶子正在哀号着打算离开。

坝上的秋天，人还是一样的人，像倔强的树根一样扎在土地里，绝对不离去。

姑娘，你脸上的两坨红晕，是风带给你的纪念，还是你辛苦地在阳光下劳作，所得到的爱怜？

坝上的秋天，五彩缤纷的颜色是最辉煌的乐章，在整个山谷里、漠野中，在坡地和平原上，将无尽的盖头掀开，给你呈现出新娘般醉人的面容。

坝上的秋天，羊群散漫和密集地在大地上埋头吃草，它们没有心事，但是它们却热爱着世界的循环。

坝上的秋天，已经不是秋天。坝上的秋天，已经变成了象征，一个隐喻，是关于人生的，关于自然的，关于生命循环的解释。

坝上的秋天，松树林还是那样无尽的苍翠，把被沙漠和沙地所希望吞噬的土地覆盖，如同支撑着一片希望，如同巨大的伞盖，又将大地无垠地覆盖。

我在坝上的秋天里奔跑，我在坝上的景色里消失，又重现。

三清山揽胜

　　江西有几座很有名的山，庐山、井冈山、龙虎山，我都去过了，庐山可以看成是中国现当代史，特别是民国史的一个注解，很多历史事件都和庐山有关。庐山的云雾和别墅是很有名的，我记得几次上庐山，都被忽然出现的云雾所包围，至于那些兴建百多年的老别墅，座座都有故事。而井冈山则是毛泽东当年领导红军起家的地方，有一种奇特的野气和草莽气，是豪杰和土匪应该喜欢的山林，山势险要，层峦叠嶂，竹林、树林和草丛，瀑布、山岚和云雾都是井冈山清秀、奇特的象征。而龙虎山则是近些年才开发的一个旅游地点，山的特点是碧水丹山连绵不绝，有一个长达5000米的山崖洞穴更是很独特，还有春秋战国时期在那里发现的古越墓群也很有考古学价值。

　　2008年6月，我们一行多人来到了三清山，江西的另外一座名声久远的山。三清山在上饶市境内的玉山和德兴两县境内，面积广大，有220平方公里。汽车从上饶往北，走了几十分钟，一直在山脚下盘旋，但见有一汪随着太阳光的变化颜色也不断变化的湖泊，一直跟随着我们的车子在山脚下走动，可见那湖面的广大。三清山我过去听说过，印象里是一座道教名山，和武当山齐名，但是这三清山似乎有些"养在深闺人未识"的味道，不知道是地处偏僻还是宣传的少，总之这三清山不大被提起来。

三清山，何谓三清？是因为她的三座山峰的名字而得名：玉京峰、玉虚峰和玉华峰。其中，玉京峰是整个三清山的主峰，它海拔高达1816.9 米，另外两座山峰则高 1776 米和 1752 米。从地图上看，三清山是众星拱卫三山峰，崛起于江西东隅的奇特所在与好的去处。我们一路从南昌出发，沿着高速公路东行，走了 4 个多小时，沿途可以看到大部分地区的植被都很好，绿色从来都没有间断，生态养护很不错。大片的稻田中，水牛和白鹭和谐相伴，农民躬身在田地里劳作。

我们抵达下榻的山庄宾馆，暮色已经升了起来，将山体笼罩在朦胧的雾气当中了。当天晚上出来散步，可以听见久违的蛙鸣在四周聒噪，而萤火虫挂着它们的荧光灯笼，在我眼前飞动。萤火虫是对环境特别敏感的生物，如果环境糟糕，哪怕是得到了一点污染，萤火虫就无法生存。看着眼前暗黑的空间里萤火虫的安闲飞舞，心态立时安静了下来，安静得仿佛是被山谷稳稳地托住一样。

第二天，我们很早就来到了三清山的东面，乘坐从东边设置的缆车直上山顶。东边的缆车引进的是奥地利的缆车技术，安全系数高、速度快、容量大，一个缆车里可以坐 8 个人，缆车很快就把我们送到了几百米高的地方，但见脚下万丈沟壑和山林，溪水白花花奔走在山沟里，树都小得像草一样在脚下拥挤着，恐高的人肯定受不了。缆车在 7 分钟之后，就到达了海拔 1500 多米的地方，从这里，沿着一条盘旋而上的水泥和钢筋构成的现代栈道，缓慢地登山而上，然后，你就会豁然看见三清山的真容。从海拔 1500 多米的地方往外看，可以看见一层层的山体逶迤而去，被淡淡的云雾所笼罩，山体隐现在云雾中，十分壮观，如同国画中的千里江山大泼墨。盘旋而上的栈道宽 2 米左右，安全平缓，但是在不断上升高度。很快，就开始有台阶出现了，这个时候是登山的攻坚阶段。一个人的体力好坏，在这个时候就看出来了。但是因为越往上走，景色就越漂亮，山体也完全裸露了出来，那些花岗岩的峰林，奇崛地耸立在那里，成为召唤你的美人，你就会加紧爬山。很快，我就爬到了"巨蟒出山"的地方。这"巨蟒出山"，是高度 128 米的柱子状的花岗岩石峰，形状很像一条巨大的蟒蛇，高昂着头准备发起攻击。128 米高，是 30 多层楼的高度啊，那花岗岩就那么没有任何支撑地耸立起来了，的确是非常的神奇。

我们达到了玉皇顶，看到了万笏朝天的峰林景象，还有神女峰，就像一个美女端坐在那里思念自己的丈夫。由于在历史上的激烈造山运动，地壳运动的频繁，使得这里的山体呈现出断层密布的景象，加上后来的风化侵蚀和重力崩解，造成了各种花岗岩峰林和怪石突兀，奇峰矗天，幽谷万仞。我们就沿着台阶上上下下，走得、爬得汗流浃背，在峰回路转中，领略到了三清山的秀丽和奇崛。由于伟大的地质构造的运动，这里保存的生物种类非常多样，在别的地方灭绝的动物，特别是植物，在这里都可以找到踪迹。有人过去告诉我三清山是小黄山，但是我觉得黄山和三清山完全不一样，三清山有着独特的风貌，就是在山顶上她的峰林集中而突兀，更加险峻和奇秀。

第二天，我们坐南部的索道上山，南部的索道是早年修建的，速度慢、每个缆车内可以坐两个人，脚下的山体相对平缓，40 分钟，缆车上到了南边的海拔 1500 多米的地方，刚好和我们昨天上去的地方在山体的两面。从这里拾阶而上，爬台阶爬得快绝望的时候，忽然就到达了平缓之地了，一条栈道出现了，这里叫作西海岸，和山体另外一侧的阳光海岸连接起来了，形成了长达 9 公里的栈道。

我们沿着西海岸一路走下去，但见三清山连绵起伏，造物主给我们造出了一片人间胜境。三清山的栈道是特别值得书写的，它长达 9 公里，就在山体的悬崖峭壁上蜿蜒而下，十分险峻，人在上面走，就如同在景色里走，就是在风景画里走，有时候云雾起来了，互相隔几米都看不见，都在云雾中了。走三清山的 9 公里栈道绝对是绝佳的体验，在云雾中、在风景中行走，你满眼都是景色，可以眺望，也可以微观，可以驻足，也可以快步行走如风。啊，这悬崖峭壁上的栈道的行走了饱览景色，真的是三清山游览中最奇妙的享受。不过，行走于栈道之上，还是需要体力的，9 公里长的栈道，怎么说也要走三四个小时。而一路走过来，体验了云雾，经历了突然降临的雨，还看到了奇特的松树、繁多的植物，偶然跑过去的松鼠和其他动物，啁啾的小鸟，这些都构成了我关于三清山美好的细节回忆。最后，我们来到了有1600 多年的三清宫。这里还留存有一座道观，不过可以从山间的平台上可以看见过去道观的规模很大，赫红色的基石都还在，建筑在战火和兵乱中消失了。而现存的道观中还有道长和道士，雕塑和香火。不过，我觉得这个道观仍旧可以继续恢复原来宏大的面貌，恢复道观真正的风貌。毕竟道教是我们国家真正的本土宗教。

三清山，天下三清山，绝对值得一览。下山一个星期之后，从加拿大传来消息，在第 32 届世界遗产大会上，三清山被列为中国的自然遗产，获得了与会代表的全体通过。三清山从此迎来了它新的历史。

梓荫流长的镇海中学

在中国现代教育史和文化史上有名的中学不多。北方最为有名的是天津的南开中学，大家都知道，南开中学出了一个周恩来总理，还有很多的科学家和人文学者。在南方，江苏、浙江一带人文历史深厚，有名的中学还有那么几所。而宁波的镇海中学，特别值得一说。

这所中学在1911年就创办了，至今接近100年的历史了。要是追溯她的古代历史，会更加久远——在唐代，现在的校址上就是县学兴盛的地方。宁波市镇海区靠近大海，是一个战略要地，在近代史上很有名。比方说，1885年的中法海战中，守卫镇海的清军部队在吴杰将军的指挥下，开炮击中了来犯的法国军舰，法军舰队总司令孤拔受伤之后，在溃逃的途中死亡，这可以说是近代史上最扬眉吐气的一场战斗了。而很多其他的反击外敌侵略的战斗，大部分都失败了，像鸦片战争、甲午海战等等，都是惨败的例子，更别说打死人家一个将军和司令了。所以，镇海这个地方就有些很特别了，很有些强悍之气了。镇海镇海，镇守住这里，海疆就安全了，我想，这地名里面一定有这个意思。我感觉浙江人很有意思，我接触的浙江人，看上去大都清瘦柔弱，精明强干，或者温文尔雅，可就是这些含蓄秀气的浙江人里面，出来了铮铮铁骨的鲁迅和鉴湖女侠秋瑾，这里面，一定大有文章，浙江人一定有特别了不得的地方。

　　宁波的镇海除了当年的海防战争值得大书特书之外，镇海中学是特别值得一看的。我听说，这所中学的毕业生，近年来，有90%左右的学生都能够考入全国重点大学，每年有20左右的学生被北大和清华大学录取。这个纪录非常可观啊。也许，这不过是一个特别会应付高考的中学？我心生疑窦。一走进中学的大门，给我们当解说员的眼睛清亮的女学生就告诉我，要先让我领略一下他们学校的文物和建筑。我想，一所中学，哪里能够有什么文物？可一路看下去，就不由得大惊失色了。这个学校了不得，果然文物建筑有不少，历史人物和这所学校有关系的也很多。首先，我看见了对着学校正门一个气派非凡的大殿，大殿有两重的唐代歇山式建筑风格的屋檐。走近一看，知道了这个大殿有1000多年的历史了。它叫作大成殿。要是不知道这是一所学校，我还以为来到了一个大庙里呢。大成大成，得大成就，大成殿就雄踞在学校的中轴线上，占着好气脉，引领着好风水，好文脉，怪不得文运昌盛呢。眼下，这个经历了历史风雨、经过了多次的重修之后，依然巍然屹立的大殿是学校师生的成果展览室。往右边，拐进一条被草地和绿树掩映的小路，我看到了一个亭子和一个院落。亭子叫柔石亭，院子是现代文学史上的名作家柔石的纪念馆。原来，作家柔石在1927年当过镇海中学的教务主任，他是鲁迅的学生，属于左翼作家，1931年被国民党当局杀害的时候只有28岁，和他一同被枪杀几个作家就叫作"左联五烈士"。柔石留下的作品有长篇小说《旧时代之死》和中篇小说《二月》，在这两部作品中，弥漫着新旧时代冲突和交替的强烈情绪。

镇海中学可以说是一所有着园林风格的校园。校园里，峰回路转，亭台楼阁，处处显示出她深厚的历史文化的积淀。镇海在近代史上赫赫有名的一个很大的原因，就是镇海人在近代史上，多次和入侵的倭寇、英军、法军较量过。因此，在学校的文化建筑中，体现出了这些特殊的历史记忆。比如，学校的学宫的前面，还专门整修了抗击英军的清军统领裕谦自杀的"泮池"。1841年，裕谦在英军突破镇海的防线之后，在这个泮池里自杀殉国了。学校里还有一座林则徐纪念堂，陈列的都是林则徐镇守镇海时的一些史料和文物。在校园后面还有一座小山，叫作梓荫山，10年前，学校在这座小山上，依据一些史料，修建了纪念抗法名将吴杰的"吴公纪功碑亭"、纪念抗倭名将俞大猷的生祠碑，将近代镇海的海防历史融会到了学校的教育思想里，还修建了梓荫阁，把山上过去留存下来的摩崖石刻、三石将等古代文物，结合现代教育理念，变成了一个将历史事件和现代教育融合起来的学校空间。我想，在这样的学校里学习的学生是有福了，环境的潜移默化是非常厉害的，遭受了近代史上侵略的镇海人，一定总是有一种硬气和骨头在，总是有一种居安思危的情绪在，因此，这所学校才出来了这么多的人才。在镇海中学在近100年的历史里，出了10多个部级官员和科学院、工程院院士，还有作家柔石、於梨华等一大批人文学者和作家。和现在的学生座谈，我可以感觉到他们视野开阔，勤奋好学，而且并没有将学校的深厚人文历史作为一种包袱，而是作为了一种精神的滋养和前进的动力。和他们交谈，我感到这些学生非常有活力，有想法，都不是太像中学生，而是像大学生。而我前段时间在北京的某个知名大学讲课，我面对的大学生人文素养之低，反而使我觉得那些大学生还不如一些中学生。难怪这个学校每年要出来90%左右的人，考上重点大学。

看着眼前的聪慧秀气的同学们，我忽然有了一点领悟，这浙江人的性格里面，可能就有些"柔石"的感觉，表面柔和清秀，内心坚强如石头，怪不得是浙江人里面出了鲁迅和秋瑾呢。在镇海中学，我可以强烈地感觉到生命之树和文化之树古老而又常青，他们背负历史，却能够轻装上阵，悄然前行。

庄河的风景花毯

如果有这样一个地方，她既有山川湖泊和河流的内陆景色，也有丰富的地热温泉景观，还有大海风光无限的壮观海景，这样的地方，你愿意去看看吗？

大连市下属的庄河市，竟然就是这样一个好地方。在我看来，她的从山到海的起伏，仿佛在大地上铺就了一面巨大的风景花毯，让人感觉美不胜收、目不暇接，同时也流连忘返、惊叹连连。

一般人印象里的大连市，是一个高楼林立的北方海滨城市，是一个号称"北方香港"的现代化新城。而说到大连的自然风光，人们大都会认为和大海有关系。是啊，大连除了海景，还有别的风景吗？实际上，大连市下属了好几个向东北内陆纵深地带延伸的县市，这些县市除了和大海接壤，还有雄浑壮观的山峦和宁静优美的湖泊，激流跳荡的河流和深山古刹的斑驳，像藏在深闺里的美女，值得探询和观望。

庄河市就是这样的一个地方。庄河，我想这个名字，很多人都没有怎么听说过，更谈不上熟悉了。从地图上看，庄河市就有着一种独特的地理地貌，她基本上是西高东低，东边就是靠近渤海湾的海洋，而西侧，则是长白山绵延的余脉。庄河市的面积比较大，大概占整个大连辖区三分之一的面积，可以说是大连市区延伸向东北的后花园。

我惊叹庄河市风景的美丽神奇，就在庄河市竟然有内陆和沿海地区的两种景色，而有这两种景色并且汇合起来的地方，在国内实在不多见。一般都是要么有山水风景，而没有大海的风景，要么有大海而没有山水奇观，庄河市是两者都有，所以怪不得叫人感觉神奇无比、繁花似锦了呢。

冰峪风景区是庄河山水风景的代表作，它以秀美和沉静的风格，藏身于山林里。一听到冰峪这个名字，你就会感到这个名字可能给你带来一丝夏日的凉爽。的确，冰峪风景区是非常适合夏日去那里避暑的。

一条叫作英纳河的河水，从长白山的深处流淌出来，形成了英纳湖。英纳湖是冰峪风景区最重要的水景公园，我想，英纳这个名字起得很好，是不是满族人或者朝鲜族人起的名字呢？

我们是在一个布满了奇特的火烧云的傍晚抵达那里的。泛舟于湖水之上，感觉四周非常幽静凉爽，像是我在瑞士某个山区见到的湖泊。湖水荡漾着闪光的涟漪，水鸟在水面上低低地徘徊。我们乘坐游船，沿着湖面弯曲的弧度，一直朝湖水的纵深而去。

英纳湖是由人工在英纳河建筑的拦截大坝建设而成的。湖水清澈透明，碧绿深邃，四周的植被保存完好，是仙人洞国家森林公园里的组成部分。

晚上，我们住在依山势而建筑的别墅里，可以在湖面上喝酒唱歌，还有篝火晚会，刚好碰到了很多来度假的年轻人，大家一起狂欢，喝啤酒，玩游戏，快乐疯狂地度过了一个美好的夜晚。

第二天，我们驱车来到了步云山温泉。步云山也是一座险峻巍峨的山峰，虽然海拔不高，可是这里有的是天然的温泉。温泉中含有丰富的矿物质，在这样的温泉里泡一泡，除了可以解除疲劳，祛除疾病，还可以获得一种闲散的心情，让你的肉身完全地放松下来。不过，在温泉池子里游泳是特别费劲的，需要付出比在冷水里游泳更多的体力，那也是一种独特的挑战和体验。

庄河还有一处历史悠久的古代人文风景——城山古城，值得一看。这座古城依照险峻的山岭和要塞而建设，至今保留着一片瞭望台和军事建筑遗迹。有一段坚固的城墙，将古城围拢了起来。一开始很容易让人觉得这是长城的余脉呢，实际上，它是北方古老的民族高句丽政权于公元590年前后建设的，也就是建设于晋代政权统治时期，距离今天已经有1600年的历史了。

公元668年，盘踞在这里的高句丽的军队，被唐朝皇帝武则天派遣的军队所灭亡。城山古城占地一共有8平方公里，山上有一个道观五老宫，修建于民国时期，而明朝万历年1610年前后修建的佛寺法华寺庙，则历史更加悠久，至今庙里还有一尊千手观音，有48条胳膊，雕塑栩栩如生。

在银石滩国家森林公园里，有一种奇特的地理地址面貌。巨大的白色的石头，沿着一条三角形扇面倾泻下来的山谷分布着。这么巨大的石头，显然是远古时代，某个地壳运动非常激烈的时候形成的，巨大的力量将那些基本呈圆形的石头从山上推举下来，形成了今天的银石滩国家森林公园。

银石滩国家森林公园依旧是山景，我想之所以起这个名字，主要是为了和大连的一处很有名的海景旅游胜地金石滩风景区相对照。银石滩国家森林公园在大山的三面环抱当中，这里建设了一个歇马山庄，和大连作家孙惠芬的小说一个名字。一问她，竟然是她免费出让了自己那部影响不小的名字，给家乡开发旅游使用了。

在银石滩国家森林公园里临时居留的有好几个团队，除了我们，还有大连工业大学的老师们，正在这里进行一些天的拓展训练。

所谓的拓展训练，是将体育、游戏、团队精神结合起来的一种管理训练项目，成员必须互相帮助和配合，才能够完成一个个的体育训练科目，包括游泳、过绳索、爬杆、攀岩等。在山坡上，还有一个孩子们的拓展训练班，孩子们一早就起来，然后开始了一天的训练，在负氧离子特别多的地方训练，精神状态绝对会有所改变。

很多人在游泳，我则在附近的水池里发现了一些体格娇小、腹部呈现红色的林蛙。

我们要下山的时候，碰到了李小江教授。说到李小江教授，那她可是大名鼎鼎。她开创的女性口述实录研究，规模庞大，形式新颖。这个计划已经采访了上千个女性，使中国女性对不同的历史时期、不同的时间段都留存了自己个人化的记忆实录。这是对复杂历史和线性历史的别样记载。这样的工作她进行了很多年，已经积累了几千万字的资料了。

如今，她专门在银石滩国家森林公园山下的村落里，向一户农民租了一个院子，准备在这里进行更为全面的研究。我们去她租的那个农民的院子里看了看，有核桃树、柿子树等多种果树，院子里，玉米长得比人高，大家惊叹，这里简直就是世外桃源。其实，每个作家都有一个梦，就是在这样的地方写作和颐养天年。李教授已经提前实现了。屋子里正在装修，配备了火炕和暖气，为的是她的香港学者朋友冬天里来居住。

庄河的海景，有半岛风光，也有纯粹的海岛风景，都是值得一看的。

半岛是黑岛，黑岛是大陆延伸向大海的一处半岛。站在黑岛最高的地方，可以看见大海上波光粼粼，轮船百帆相竞。沿着半岛最靠近海边的山崖上，开辟出来了一条上上下下的观景小道，沿着这条小道蜿蜒前进，你可以欣赏到奇特的半岛风光。

在山顶，有一尊清代海军将领林永升的塑像，他正在沉痛而忧伤地望着大海，那里，不远处的大海上，是著名的甲午海战发生过的地方。失败的历史记忆在我的脑海里浮现，我的疑问也许永不能平复：为什么我们的军舰无论吨位还是装备，都比日本的强，我们的甲午海战，却吃了大败仗？

随着我们进一步地向大海靠近，海岛风光不断地显现了。还有一个漂亮的小岛叫蛤蜊岛，据作家邓刚讲，他多年以前来这里的时候，在海滩上随便挖滩涂上的海泥，就能挖出来几十斤的蛤蜊。乘坐快艇，环绕整个蛤蜊岛转圈，是最刺激的事情了，正在拍摄婚纱照片的一对新婚恋人，也在快艇上弄姿。不过，这里的海岸美中不足的是，沙滩上的沙子里，到处都是蛤蜊的碎片。据说大连的海滩很多地方都是这样的。在海滩上，可以看见大量的游人在惬意地吃烤肉和西瓜，海水中浮动着游泳者的黑色头颅，被浪头所抚弄。

我们继续向大海进发，我要到海王九岛——由九个小岛组成的群岛去看看。从岸上到海王九岛的距离是 28 海里，合 40 公里左右。乘坐快船，我们在大海上披荆斩棘，大海上的雾气弥漫，波浪滔天，可以听到快船和波浪的浪头相互撞击发出的巨大声响。海王九岛是非常纯粹的海岛风光，也是庄河旅游的高潮。海面上有大量的圆形浮标，浮沉在海面上，据说都是渔民们的杰作。这里的渔民很富有，年收入几十万的不在少数。他们把那些网箱养鱼当作是海上银行。海面上和海岛附近，到处都是海上养殖。

在海王九岛主岛上，有一个日本人过去建立的灯塔，至今仍旧可以使用。海王九岛的九个岛屿，互相联系，姿态多样，真是大海上的奇观。有的像喝水的大象，有的从侧面看，就是一张贝多芬的脸，以及各种像狮子、老虎的礁石，都是令人眼前一亮。至于海产品，那些螃蟹、海胆、蛤蜊、蛏子、大虾、扇贝、海参、鱿鱼、文蛤、海肠子、河豚、多宝鱼、海鳗、海螺、毛蚶、牡蛎等等，都是这里的特产。

我们回去的时候，天放晴了，海面的雾气也消散了。大海非常平静美丽，一览无余，开阔无比，湛蓝地映照着天空，令人胸襟也大了起来。只有浮动的灯塔，标志着你仍旧奔行在大海之上。

永城：大地涌金

　　五月的光景，河南大地一派农作物成熟的景象。从商丘市区到永城的路上，到处都翻滚着金黄的麦浪，一块块一畦畦，被挺拔的北方小白杨所分割，白杨树的绿和成熟小麦的金黄色互相间隔、反差，形成了国画一样的色块图案，氤氲连绵，让我惊叹于大自然的美丽，也惊叹于河南小麦的丰产，和耕地被严密保护的切实落实。作为国家的粮食主产区，永城大地上处处都在涌金，金黄的麦浪滔滔。人到了这里，心情陡然就高兴起来了，因为丰收的喜悦，绝对不只会感染那些辛苦劳作的农民兄弟，同样也会感染我的眼睛和心灵。

　　永城一直是河南的粮食主产区，不过，在保有了原先的农业优势的同时，永城市作为煤炭资源集结地，因为地下黑色资源的开发开掘，很快就走上了强势发展的道路。作为拥有在财政上由省直接管辖的权力的城市，永城在"一黑一白"上做足了工夫，常年播种的小麦达到了一百万亩以上，生产小麦达 70 亿公斤，面粉加工能力也达到了 15 亿公斤。面粉、煤炭，加上粮食和各种农产品的深加工，还有神火集团等几个煤矿企业产生的产业优势，使永城市在全国的县域经济排名当中，不让发达地区的那些县市，名列全国第 11 位，这是相当不错的成绩了。

这是永城市现实的篇章，也是永城人正在谱写的、未完成的篇章。而这块热土，却也是汉朝兴盛和起源的地方。在永城的几天里，我可以处处感受到永城的汉朝遗迹所带来的汉文化的雄风阵阵与壮怀激烈。相传，早在公元前 209 年，陈胜吴广于当年 7 月起义之后，西汉王朝的开国者刘邦，于这年的 8 月，就是在永城的芒砀山下，挥剑斩杀了一条大蛇，然后誓师揭竿起义，率领广大部众挥师向西而行，直接攻击秦朝的核心城市，而后，逐鹿中原，和西楚霸王项羽演绎了一场悲剧性的决战，最后得到了天下，从此，开创了从西汉到东汉绵延 400 多年的汉朝基业，标榜史册。正是因为汉朝的建立和发展绵延，我们中华民族的主体民族才叫作了汉族，而汉朝也使得汉人这个名称取代了华夏和夏等民族称谓，是中华文化形成中非常重要的阶段。而最近，开始在大城市里流行起来的复古潮流中的"汉服"，也是直接从汉朝的服饰文化演变而来，在北京，不仅有人不断地穿"汉服"进行成年礼的演示，还有人呼吁国家应该更改大学学位授予时的学士、硕士和博士的服装，由西式的改成汉服式样的。这样的呼吁得到了强烈的赞同，而且，今后很有可能就实施了。在这些文化现象的背后，都有着汉朝作为一个中华民族强盛朝代的文化，在今天民族文化全面复兴和传统文化不断宏扬所投射的影子和影响。

在永城，汉朝遗迹很多，除了刘邦斩杀大蛇的芒砀山下的纪念性建筑群汉高祖庙，在附近的其他几座山头，像鱼山、磨山、铁角山、夫子山、窑山、黄土山等各个小山峰上，还埋藏着 20 多座汉墓。这些汉墓，有的发掘了，像梁王和王后墓以及柿园汉墓等，还有一些没有发掘。可以说，永城市是认识和走进汉朝——中国历史上少有的强盛朝代的重要的门户，从这里，可以揭开汉朝兴盛发达的篇章的序言部分。这里在西汉时代是梁王的封地，所以几代梁王以及梁王的血亲和姻亲，都埋葬在一马平川中突然出现的一些小山头的芒砀山山脉的各个山峰里。

我们在梁王的墓地中流连忘返，历史的呼啸从时间的深处盘旋而来。在墓室、墓道和墓葬的各个细节中，向我们诉说历史的泥沙俱下。梁王墓是直接凿石山修建而成，结构相当精美复杂，气势宏大，汉朝讲究厚葬，所以，从梁王和他的王后墓的发掘和出土的情况看，汉朝的确崇尚厚葬之风。梁王是汉景帝的同母弟弟，汉景帝的母亲窦太后一直很喜欢自己的小儿子梁王，所以一直打算在汉文帝之后，将皇位传给梁王，但是，遭到了大臣袁盎等的反对。大臣们般出来祖上的各种训诫，以及周朝以来的历史记载，说明了这样的安排将使得汉朝刘家天下前途莫测，也不合礼法规章。最后，窦太后只得听从了这些老臣的冒死相谏，让汉景帝的儿子汉武帝即位，开创了汉武帝一朝的武功卓绝，也使汉朝文化的影响，一直向西、向北、向南扩展了很远很远。所以，梁孝王——这是第一代梁王死后的谥号，才在壮年就郁郁不乐地早早死去了，比他的王后整整提前死去了几十年。

在梁王墓和王后墓中出土了很多玉器、陶器和青铜器，这些东西都展现出来汉代的审美和艺术风格，那种风格就像书法中的汉隶一样，一看就是汉代的产物。这是一种什么样的美学风格呢？简单地说，就是浑厚、质朴、大气，像土陶一样有质地，有着一种来自黄土诞生的文明的那种强劲有力的表达。这种美学风格，就是汉代的风格，在出土的汉代玉器、瓦当、壁画、砖雕、铜器中，都可以看到这种汉代崇尚的浑厚质朴大气简洁的风格。汉代的器物的美学和清代讲究繁复的美学刚好相反，成为美学特征中的两极。

永城市可以说在汉朝研究史中有着举足轻重的地位，这里不仅有陈胜墓，还有他活动的一些遗迹与传说，这里还是汉高祖刘邦发迹的地方，汉代的墓葬形制、冶金冶铁、宗教观念和生活形态，都可以在永城找到佐证和蛛丝马迹。无论是历史，还是今天，永城市大地涌金的画面依旧，而永城市文化土壤中的汉风雄浑、强劲的风格，也依然留存在这里生活的人们的眉宇与天地之间。

春日祭祀

中原大地是我们中华民族的发祥地之一，厚土黄天，为盛中原。在河南淮阳县，至今仍旧兴盛着一个非常隆重的春日祭祀活动——淮阳太昊陵庙会。因为是从农历二月开始的，又叫"二月会"。在每年农历的二月二到三月三这一个月的时间里，在淮阳，朝祖庙都是这里最为热闹的节日。它刚好接续春节，因此是节上加节。这个庙会历史长、规模大、人数多。在这个庙会上，方圆千百公里内的百姓，西到甘肃，北到山西，东到山东，南到安徽、江西，甚至两广，都有人不远百里千里，来到伏羲坟所在的太昊陵庙祭祀，朝拜祖先，也就是被称为是人祖皇帝的伏羲氏。他们虔诚地烧香祭祀，朝拜人祖皇帝伏羲氏，并且将他们内心的愿望都告诉人祖伏羲氏，让他在一年的时间里保佑自己家小平安，子孙幸福。

淮阳是一座历史非常悠久的城市，春秋时期，这里就是陈国所在地，孔子曾经三次来到陈国，相传，孔子看到陈地巫术横行，淫乱遍地，特地在陈地三讲周礼，规范人伦道德，灭除迷信。秦朝末年的陈胜吴广起义，在这里建立了张楚国，曹操的儿子曹植，曾被封为陈留王。而宋代的包公"陈州放粮"，也是在这里发生的。这里还是陈姓的发源地，因为位于淮河以北，所以就称为是淮阳，我想，和安徽的淮阴也许刚好对称。淮阳是人祖皇帝伏羲氏的坟——太昊陵的所在地，这里埋葬着伏羲氏的头盖骨。伏羲氏，是中国历史传说中的人祖皇帝，他身上附加着很多我们民族自我创造出来的神话传说。关于伏羲氏的传说，来自《礼记》《尚书》和司马迁的《史记》中，记载都比较多。相传，伏羲氏和女娲是兄妹相恋结亲，并且开始繁衍后代，伏羲氏从此就被称为人祖爷，而女娲，则是人祖奶奶了。

伏羲氏是三皇五帝之首，他尽管是神话传说中的人物，但是一些学者认为，他应该是我们中华民族早期活跃在黄河流域的一个氏族的领袖。

传说在几千年前的古代，伏羲氏带领着自己的氏族，从甘肃天水沿着黄河一路东来，在宛丘这个水草丰美，田地肥沃的地方扎根安居了。宛丘就是后来的淮阳。在传说中，是伏羲氏教会了人们结渔网、养牛羊、兴庖厨，就是不仅打猎捕鱼，还用火把生肉烧熟了吃。他给人们定姓氏、制婚嫁，让部族的男女婚配有一个基本的制度。他还根据天地万物的变化，推演出八卦来，后来，周文王就是根据八卦，又推演出六十四卦，这就是周易的诞生。《易经》就是变化之经，是古人对万事万物变化无常的规律性总结和把握。传说中，伏羲氏还创造了象形字，结束了古人结绳记事的历史。伏羲氏还分出历法，让人们根据天气和季节变化耕种劳作。最后，该干的都干了，他又兴礼乐，用黄土创造出埙这个乐器，娱乐还处于蒙昧中的人。此外，他还创造出武器，也就是干戈——一种木棍上绑上石斧、石锤、石铲样子的东西，在部落之间进行征战，统一各个小部落，聚集起中华民族的早期雏形。他还创造出来一种部族的图腾符号——龙，从此，这有马的头、蛇的身、鱼的鳞、鹰的爪的怪物，就成了我们中华民族的象征，成了我们民族的共同族徽。死后，他就埋葬在淮阳的土地上。

而根据现代历史学家顾颉刚的考证，伏羲氏是我们民族传说中的一个神，实际上，并没有这个伏羲氏的真正存在。中华民族真正有文字记载的历史是从商代的甲骨文开始的，也就只有三千到四千年的历史，而传说中的伏羲氏，则早到了五千年之上了。他认为伏羲氏是汉代的书生们托古所创造出来的，因为汉代的儒生造了很多伪书，对于中华民族早期的一些传说，都是儒生们伪造的。

我们到达淮阳的时候，碧油油的麦苗长得特别好，粉红色的桃花、白色的梨花都开了，大地上一片生长的气息，到了晚上，田野上还浮现出白色的雾霭，麦田里站着一些开满了粉红色花朵的桃树，一派田园景象。但是，想到淮阳一个县就有130万的人口，这种美丽的田园景色在我内心里立刻打了折扣，毕竟，再美丽的田野，都经不住人口多的糟蹋。中国大地已经不堪人口的重负了。

眼下，我知道在淮阳，太昊陵祭祖的"二月会"庙会，已经举行了半个月了。当然，庙会的高潮一般在二月十五出现。在我的印象里，庙会都是很热闹的，作为中国传统的商业和文化活动的一种形式，庙会发挥了巨大的文化、娱乐和商业相结合的功能。淮阳庙会也是如此，每年，有多达几百万的人，在春天里的这一个月都来到太昊陵祭祀人祖，在太昊陵的周边摆摊设点，然后交易各种农产品和日常用品，还有一些工艺品，而每天来到这里祭祀的人，平均下来，都有几十万人。

二月十五是往常庙会上人最多的一天，听说要在50万人里面裹挟，我感到很可怕。幸亏这一天下起了小雨，天气还有点凉，因此，可以算得上是淫雨霏霏。当地的朋友笑着说，天下了雨，今天来到太昊陵的人就没有那么多了，至少要少一半的人。平时要是到了二月十五，你连脚步都挪不动的。

我们到达太昊陵的门前，果然，在小雨中可以看见，虽然庙会上仍旧是人山人海，摩肩接踵，可是，人流还比较有秩序，空间还比较大。整个太昊陵建筑群保持着相当的规模，南北长近 800 米，占地近 900 亩，有着一个宫殿式的建筑群落，由于完全按照先天八卦数理建造，伏羲氏又是三皇之首，所以，陵园分为外城、内城和紫禁城三个部分。据说，春秋的时候，这里已经有陵墓了，到了汉代，这里就有祠堂了，唐宋时期，经过了进一步的修葺建造，渐渐地成了规模。现存的建筑制式完全是明代建筑的遗存，相传，为明太祖朱元璋颁诏兴建，清代和当代都进行了不断的修葺。眼下淮阳县为了发展经济，特别是旅游产业，更是将这个"二月会"作为了积极引导和推广的综合文化旅游产业项目。

我一看这太昊陵的祭祖庙会"二月会"的阵势，就觉得果然和一般的庙会大为不同。比如在北京，如今，每年的春节都要举行各种庙会，比如地坛、天坛庙会，比如龙潭湖庙会，相对都很传统，在这样的庙会上，市民主要是逛街、游玩和采买一些传统的手工艺品。这两年，在朝阳公园还兴起了朝阳公园洋庙会。在这个洋庙会上，组织者请来了很多的外国人，比如卖巴西烤肉、德国肉肠、美国火腿什么的，还有杂技表演，也很热闹。但是，像淮阳太昊陵的这个祭祀人祖的庙会相比，所携带的历史文化信息都不大。而淮阳的庙会，还有着鲜明的宗教含义和祭祀祖先的儒家文化理念在内。淮阳的"二月会"，完全是一种活的历史风景，携带着几乎没有多少变化的巨大的中华民族的历史文化宗教信息，千百年来，这个场景在不断地重演，虽然时间已经迅速地推移到了 21 世纪，可是"二月会"的具体景象和文化内涵，是没有太大的变化的。

随着人流的波浪，我们在一波波地推进。下着雨，雨水不大，我们随着人流，先进入外城，进了午朝门，然后就是一片被古柏树所遮蔽的行道，接着，要进入道仪门，再入先天门，眼前出现了一片开阔的广场，往前走就是太极门，这个太极门相当于故宫的午门，是内城的大门，进了太极门，就是统天殿和显仁殿，殿内供奉着彩色的伏羲氏的塑像。

我注意到，来到这里的很多都是一家家，一户户，全家老小都来了，或者，干脆是乡里乡亲好几户一起来的。绝大部分都是农民，所有的人的脸色，都带有着在田地里干活、饱受风吹日晒的颜色，但是，洋溢在大家脸上的，都有一种过节的欢乐。香火的烟雾和气味不断地在眼前浮现，人流都在向最北端的伏羲陵而去。在祭祖的人群中，我不断地看到前来还愿的人。最多的是求子成功后的还愿者。由于男孩在中原一带一直是家中的顶梁柱，所以，求子成功，对一个家庭来说，是很大的事情，还愿就是必须要进行的仪式了。我看见，还愿的人群大都是一家或者是祖孙三代，吹着唢呐和芦笙，然后一路上欢快地走了过来，大家纷纷让开道路，让他们先行。有的人还背着一种被涂成了红色的木头杆子，这种杆子是还愿的贡品与礼器吧。求子成功的男孩子，要长到12岁的时候，披戴红花，然后举家前来还愿。家长还要请一个吹打班，一起前来。还愿者要带来鞭炮和其他的祭品，祭品有纸金元宝、水果等等，即使没有祭品的比较穷的人家，也会在纸上画下一个房子，把它献给伏羲氏，在陵前的大铁炉内焚烧献祭。孩子的手里面往往拿着一杆小旗杆，这个小旗杆比大人抗的小很多，很微型，有学者认为孩子手里拿的小"旗杆"是男性生殖器的象征。

我看到，在太昊陵里面还有一个女娲殿，很多赶会的女人们，那些姑娘、媳妇、婆婆们的手里，都拿着一种特别的、由彩色的纸张扎制的一种花树，前往女娲殿进行专门祭拜。女娲殿里还有很多的小人偶娃娃，求子的人可以买上一个。大殿内，还有一些席地而坐的女人，其中有人喃喃自语，众人倾听她规劝她呵斥她，原来，这是前来人祖跟前讲述自己委屈和做下不伦事情，请求人祖原谅和调解的妇女，在众人的劝慰和批评下，这个女人得到了一种解脱。据说，在庙会上，经常有一些平时特别不起眼的农民，忽然换了一个人，比如，某个人会在庙会上扮演穆桂英，演唱戏文几个小时不绝，唱的内容从古代打仗到眼下的贪腐横行、家庭不和谐，什么都唱。还有一个人会站在那里模仿毛主席不停地向人群招手，据说她头上顶着一尊毛主席神。

在这里的庙会上，我观察整个祭祖的仪式，发现都有着远古流传下来的生殖崇拜的潜在文化信息，也依旧可以看见不少远古巫术的痕迹，残留在一些民间工艺品上。比如，有一种叫泥泥狗的工艺品，就是先民们早期面具色彩很浓厚的东西。它是拿泥巴做的一种彩塑，头是狗头，但是身上都画有鲜红的一道裂缝，象征女性生殖器，这一道鲜红色的裂缝在所有的泥泥狗身上都都有，而狗头看上去又像男性生殖器的龟头。所以，我看这个泥泥狗实际上就是生殖崇拜的残留象征。而且，泥泥狗后来演化出来很多的形态，比如有老虎、猴子的形象，都很逼真，我是属猴的，我在庙会上发现了一件有八个猴头的泥泥狗，很喜欢，就要了，当地的朋友就送给我了。制作泥泥狗的人是家传下来的，祖祖辈辈沿袭着一种风格，所以千百年来，这泥泥狗的形态以及它包含的文化信息，就这么传下来了。在庙会上，还有一种妇女们跳的舞蹈，叫作挑经担，一般都是中老年妇女表演。她们挑着扁担，扁担的两头都挂着花篮，然后，在一种固定的节奏之下，女人们依照八卦中的阴阳鱼的线条，来回地舞蹈，将挑的花担来回甩动，象征男女交合的那种欢快，我看到女人们跳得非常如醉如痴。穿越大殿之后，就是太始门，在显仁殿的青石台基上，有一个已经被摸得十分光滑的洞，这个洞叫作"子孙窑"，据说想要男孩子的女人去摸一摸，就能生儿子。于是那里拥挤不堪，女人们争先恐后地去摸子孙窑，然后回家等待人祖赐给他们儿子了。

过了太始门，就是伏羲氏的坟陵所在了。伏羲氏的坟墓是一个大土包，土包被方石所围拢，看上去，有七八米高的样子，坟墓上长着几棵樟树，也分布了很多草。我发现人流到这里因为是终点，就非常的拥挤了。在伏羲氏坟前祭祀上香的人，更是拥挤不堪，摩肩接踵。大家的表情也都变得肃穆了起来。在坟墓前面，摆着三个很大的长方形的香炉，香炉内燃烧着浓烈的香火，无法靠近的人们干脆扔香火进去，这香火就忽然蹿起来很高的火苗子，火苗熊熊。人们都在往前挤，生怕自己的香火不能呈送上去。我还看见有一些老头，专门用铁锨将香客带来的鸡蛋和馒头，放到香灰里面裹一下拿出来，然后香客就将这裹了香火的鸡蛋和馒头带回家，据说，主要是给老人和孩子吃的，为的是祛除百病、消百灾的。附近卖鸡蛋的生意特别好，一会儿就卖完了。我想，看来政府不能解决的问题，老百姓们依旧要寻求来自祖先的帮助才可以在内心里获得安慰。求组织不行，那就求人祖皇帝吧，这是多么朴素的民间信仰啊。

我围绕着伏羲氏的坟转了一圈。我看到，有很多虔诚的百姓，也围着伏羲氏的坟墓在转圈，并且伸手将坟上的青草拔下来，走几步之后，再重新种植下去，这个仪式是什么意思？是不是许下了一个心愿，或者，就是为了给伏羲氏添土培草的含义？不得而知了。但是，他们都在认真地做着这个事情。

在伏羲氏的坟墓后面，陵园的最北端，就是一片蓍草园了。这个蓍草，据说在别的地方都无法生长，只有在太昊陵之后，才可以生长，而且特别茂盛。蓍草是有八个棱的草，是传说中伏羲氏推演八卦的工具，他用这样的草进行推演，然后寻找到了世界变化的规律。我看到，在雨水的滋润下，青青的蓍草园非常茂盛，人祖依靠这种草居然推演出万事万物的变化规律，这种草实在是一种无比神奇的草。抬头看天，云雨正当时，天地正交泰，实在是"当春乃发生"的美好季节啊。

内乡吴垭石头村

前段时间，和一群作家一起，去了河南南阳市内乡县一趟。内乡县有个保存完好的县衙建筑群落，值得一瞧，无论是建筑规模还是建筑学上的意义，或者研究中国的衙门文化，都很重要，这样保存完好的县衙建筑，在中国经历了"文革"破四旧的浩劫，保存下来的，可以说是凤毛麟角了。在县衙建筑群落里，刘心武老师很惊讶也很兴奋地发现了一个狱神庙，而在他的《红楼梦》研究与发现里，狱神庙是已经散佚的曹雪芹原著的《红楼梦》后半部分里，贾宝玉穷愁潦倒，被茜雪和袭人援助的地方。而在我印象里，山西榆次老城也有一个保存完整的县衙，其他的地方，就再也没有听说过了。不过，在南阳市，还有一个知府衙门，也正在休整修葺，准备向外界开放。这样的清代官署建筑群落的遗存，实在值得保护和研究。

快离开内乡的时候，当地的朋友不经意地说，在离县城不到10公里的地方，还有一个保存完好的全部由石头建筑的自然村落——吴垭村，问我感兴趣不？我立即兴奋了起来，赶紧叫当地的朋友安排车辆，带我过去看看。车子从县城出发，走了十多分钟，就来到了乍曲乡境内，据说，这个乡出产各种各样的石头，过去因为石头多而受穷，现在，却因为石头多，而使一部分人致富了，因为这里的石头可以生产石灰，也可以作为建筑材料，因此现在突然变得值钱了。我远远地看去，一些丘陵和小山包上，裸露的都是一层层的类似海底生物那样的石头，使丘陵变得非常的奇特，而当地农民，就是在石头缝里开垦和争取土地，种植庄稼和农作物，应该是很艰难的。汽车拐入一个山包，我又看见了安静地待在前面山隘边的一座古雅的小亭子，当地的朋友告诉我，那个亭子叫"接官厅"，是清代当地的官员迎来送往的地点，而原先的清代建筑已经损毁，这是后来复建的。车子再一拐，我的眼前赫然地就出现了一些奇怪的石头民居建筑——石头村吴垭村到了。

乍曲乡的书记周晓峰热情地迎上来，给我们当导游。一看到这些房子，我的内心就有些激动了，那些房子外观一看就知道是用石头垒成的，全部是打好的片石，一层层地垒起来，特别像某种鱼鳞或者穿山甲身上的铠甲，石头的缝隙很大，从外面看，似乎这样的房子是完全透风的。我问周书记，这样的房子难道不透风？他告诉我，房子的里面用泥漫好了，是完全封闭的，从里面向外看，是没有缝隙的。我们沿着正在整修的一条石板路穿行在村子里，清晨的炊烟在迷蒙的阳光中消散，石板路上还有新鲜的黄土和羊粪，被我们的脚践踏着。不时地传来羊的咩咩叫声，和狗的低声吠叫。

这个村子一共有40多户人家，所有的房子都是石头垒就的，大多数都建于清代末年，少数房子甚至有接近200年的历史了。这样一个保存完好的石头民居村落，在中国应该是非常少见的吧？至少我此前没有听说过，因此非常独特。我想起来北京门头沟区的爨底下村，那也是一个保存完好的清末民初的村落，恰巧因为交通要道后来改道了，使得爨底下村保留了下来。这个吴垭石头村，按照中国传统风水学来看，是很讲究的，依山体的自然走势而建，有两进的，也有三进的。在每户人家，都可以看到石头打磨出来的石磨、石桌、石墙、石凳、石臼、石碾、石圈、石阶、石桥、石栏、石碑等，几乎是一个石头的天下，石头的大海。据说这里的石头全部都是史前时代火山喷发的产物，我甚至还可以看见很多的火山蛋，这些圆圆的石头，是岩浆高高地喷入天空之后，落下来之后冷却形成的。

村子里的人大多都是吴氏家族的，现在，一些村民已经搬到县城里住了，留在村子里的人越来越少了。我们信步走进一个院子，看见一个老人正在吃早饭，这个老人看上去在 70 岁左右，耳聪目明，热情地招呼我们进来。我问他，知道这房子是什么时候盖的吗？他说，是他爷爷的老爷在乾隆八年的时候修建的。这个老头的记忆真好啊，乾隆八年，算起来，应该是 1743 年，那这房子已经有 263 年的历史了！我问老人，这房子住起来感觉怎么样？他说，好得很呢，冬暖夏凉！他的回答使我彻底地打消了这样的房子不适合人居住的想法。要不然，这样的房子，怎么可以存在 200 多年的历史呢？我们民族的民居建筑文化，是博大精深啊。周晓峰带着我们，按照他精心设计的村落的内环线，让我们把村子看了一个大概，它的地势，它的聚落方式，它的功能分区，比如私塾、墓地、农田、居所的分布等，使我在很短的时间里，看到了聚居在这个地方的人那种古老的传统农耕文明的生活和生产方式，也看到了它存在的巨大的建筑学和人类文化学的价值。我们走在小路上，穿行在梧桐、杨树和柿子树、核桃树之下，看到了树枝上挂满了秋天的果实。在一些已经无人居住的院落里，石头器具和墙壁，已经完全地被荒草所覆盖，发出了被冷落的灵魂的低吟。

不过，我在村里也看见了两座新砖垒就的瓦房，这瓦房一看就是新的，在石头村子里，显得非常的扎眼。我有些紧张，村民们会不会把所有的石头房子都拆掉，然后都盖上这样的新砖瓦房？周书记告诉我，他正在动员住户，将这样的新房子拆掉，把所有的石头房子保护好，休整好，而且要修旧如旧。就是这个周晓峰，到乡里任书记一年多，他发现了这个石头村的文化、建筑、文物和旅游的价值，开始了石头村的规划、保护和宣传。我说，现在到处都在搞新农村建设，像这样的古老石头民居村落，要是被一个没有文化的当地官员全部拆掉，然后都盖上新瓦房，那是完全可能的。而如今，在吴垭村，这个可能就不大了。不过，因为吴垭村被外界关注才一年的时间，名声并不大，也没有被列入文物保护单位，同时，不排除居住在这里的乡民拆除石屋，建筑新瓦房的可能，因此，吴垭石头村的保护和开发是迫在眉睫的。

我觉得，一定会有一些建筑学家和人文学者和我一样，对这样一个完全由石头建筑的中原地区的自然村落感兴趣，它的建筑学、农耕文明、文化人类学的价值，非常期待有识之士去发掘与发现。当然，要是作为一个游客去那里转转，也是不错的，因为在那里的开发才刚刚开始，原始村落的状态是那样的生动和逼真。你要是到了那里，你会发现，似乎所有的石头都会说话，他们的灵魂古老而坚忍，诉说着岁月的忧郁和沧桑。

印江印象

　　前往贵州印江的路途多少显得有些艰难：从贵阳出发，沿着400公里弯弯曲曲的盘山路，一路向东北方向而行，乘坐汽车要走七八个小时。我们早晨出发，傍晚的时候才抵达了。一路上，绿色的山川连绵不断，中途，我们在乌江江畔停了下来，吃了一顿美味的乌江鱼。这乌江鱼应该是鲇鱼，黑色，无鳞，有胡子，味道十分鲜美。乌江鱼的做法以鲜辣火锅为主，而蒸腾的火锅中，贵州的辣椒确实是名不虚传，直辣得我口舌麻木，大汗淋漓。远眺乌江，这里的水势已经不大了，似乎很难想象当年红军强渡乌江天险的情景，只是江两岸的山势却十分陡峭险峻，还看得出来这里曾是一个要害地方。

　　继续进发，路边的景色似乎显得有些单调，但是仍旧有很多变化，各种茶树、烟草等经济作物开始出现。越往东北部走，山越来越高大，弯路也特别多，终于，绕过了一个山包，向下俯瞰，一座被一条河环绕的美丽县城立时出现了。

　　这个在山坳中盘踞的城市，就是印江县。印江县隶属于铜仁地区管辖，是一个土家族、苗族自治县，这里百分之七十的人口，都是由这两个民族组成。从这里继续往东走，就是湖南的湘西地区，距离湖南的怀化很近。印江的地理位置虽然在贵州不算是最为偏僻的，但是交通仍旧是一个大问题，不过，现在公路、铁路和航空都有路径可以抵达：印江距离铜仁机场170公里，还有一条从泉州到昆明的战备高速公路正准备修建，而这条高速公路一旦建成，可以缩短从贵阳来印江的行程一半的时间，只需要3个小时左右的时间，就可以抵达印江了。而一条铁路在距离印江几十公里的地方穿越，那里有一个火车站，前往印江以这三种交通方式都可以。

几天的印江周游下来，我获得了一个印江的大印象。这个地方的文化名片和文化符号确实有不少。我们来的第二天，就赶上了印江的一个大庙会。在这个庙会上，我先是看到了这里的土家族长号和唢呐队，他们手里的长号十分巨大，吹动起来声音浑厚绵长，历史的幽深感和沧桑感立即涌现。一般土家族遇到了结婚、乔迁、丧葬、拜寿等生活大事，都要请长号唢呐队前来伴奏。而且，在街头一些地方，我可以看到很多长号唢呐乐队的小广告，可见这种乐器和人们日常生活的紧密程度。

我还看了舞龙表演和土家族摆手舞等等。这个土家族的摆手舞是很有特点的。摆手舞是由土家族妇女在长期的田间劳动之后创造出来的，表达了妇女对丰收的期待和热爱，对农业劳动的具体动作形象化、艺术化、舞蹈化，播种、收割、耕田、纺线，都通过一双灵巧的双手和美好的身形表现出来。

这里还有傩戏，这个傩戏，可是西南地区一种很原始的民间戏剧，有着巨大的文化价值，傩戏，简单地说，就是由土家族老师戴上面具，扮演各种神仙，边说边舞边唱，驱逐鬼怪和疫病。傩戏的历史到底流传了有多久，一直是学术界有争论的问题，但是，它的古老和源远流长却是毋庸置疑的。

晚上的时候，我们在一座古香古色的祠堂里，看了一出傩戏。这出傩戏演了 40 分钟，由民间的土家族师傅出演，要是没有专门的翻译，一般很难听明白唱词，看明白剧情。这出戏十分复杂，请神、驱鬼和皆大欢喜，推演的过程缓慢而有趣。傩戏可以说是一出戏剧和宗教巫术结合的活化石，而由傩戏延伸开来的傩舞、面具、道具和唱词，如今是研究西南地区少数民族的民俗、宗教信仰和生活范式的重要材料。

印江如今还保存有独特的白皮纸手工造纸技术，据说，当年蔡伦发明的造纸技术，现在在印江的一个蔡姓的村子里，仍旧完全地保留了下来。而且，全部都是手工造纸。我们抵达了这个以蔡姓为主的村子，村子不大，依山傍水，风景秀丽。一些看上去十分简陋的茅草窝棚，就是造纸的作坊，如今，这个村子里的人依旧以手工造纸，作为主要的经济来源。我们进入到了窝棚里，观看了工艺既简单又复杂的造纸过程。造纸的原料，是当地生产的一种特殊的灌木的树皮。现在，这里的手工造纸十分畅销，很多地方都要提前订货，才能够买到这里的生产量很有限的白皮纸。而一些现代和当代国画家、书法家，很喜欢用这种罕见的纸张作画、写书法。

而在距离县城几十公里开外，还有一座佛教名山梵净山。这个梵净山，是国家级的自然保护区，可以说是印江最为主要的自然和文化景观。如今也正在成为国内重要的一座佛教名山。梵净山上在宋代就兴建了很多佛教禅寺。在明朝，这里的寺庙曾经多达数百座，后来因为战乱和历史的惊变，大部分佛寺都被焚毁了。如今，山上有一个佛寺护国禅寺，刚刚落成了大部分建筑，这是从辽宁来的高僧释佛友历经多年努力，在原来的寺庙旧址上兴建起来的。

前往梵净山的路途不算遥远，一路上，从大山深处流淌出来的一条发亮的小河一直伴随着我们的视线，山峦叠翠，十分清新。盘山路渐渐地进入到了云的深处，眼前，大地山川的景象十分开阔，云海之下，黑色的山峦绵延而去，护国寺就隐身在里面。寺庙的三进大殿十分巍峨，隐现于云雾当中。我们在傍晚的时候进入到寺庙里面，刚好赶上了暮时课诵，于是站在了居士的队列里，体验了那个时刻的神秘无言。

晚上，住在山上的宾馆里，可以听见窗户外面蛙声阵阵，十分热烈，而窗户外面的空气十分的清新。我乘兴写下汉语俳句多首如下：

梵净山俳句

护国禅寺
护国禅寺外，蛙鸣阵阵
清晨结为露水

看山
风吹山静云不动
人走如风

山麓
盘山路，径入深林
路旁青蕨微微颤动

下山
一只蟾蜍跳入黑夜
汽车急转弯，疾行走远

定魂草

野生天麻是定魂草

大风吹，叶不动

山天

梵净山端云雾缭绕

一阵云雨一阵彩虹

卧佛无言无语

国画

山林被石与树浸染成宣纸

流水不腐，是氤氲的墨汁

河流

两颗鹅卵石一模一样

宛如两个兄弟

第二天，乘车继续上行，到达了梵净山上一处开阔的山麓上，这里是汽车的终点，但又是登山者步行的起点，而远处，梵净山的最高峰金顶已经被白色的云雾所缭绕，十分的神秘。有些山峰的形状，在云雾缭绕中看上去很像是卧佛的侧影。而且竟然远近重叠有三个层面，这些自然奇观，给梵净山带来了很多美妙的传说，总之这里确实是一个佛家的清净和灵秀之地。

我们沿着登山的台阶开始爬山，据说，抵达金顶之上，可以看到无限的风光，全程来回需要 4 个小时。登山的路途一开始十分的轻松，道路都被树林掩映，有很多怒放的粉红色杜鹃花就开在近处，各种花草也十分茂盛。走上一段的距离，就会来到山脊上的一个制高点，从这样的制高点的观景台上四下瞭望，可以看见梵净山起伏有致，大气磅礴，被云海的汹涌波涛所笼罩。此时，带有禅意的山风从耳旁掠过，使人忘乎所以。

继续前进，两腿越来越不听使唤，我走了一个半小时之后还是打退堂鼓了。下了山，内心不免有些遗憾。不过，仍有同行的人继续前行，最后抵达了金顶。他们回来之后，描述了金顶之上无限的风光，也给我看了很多照片，确实，梵净山山峰突兀奇崛，云雾诡异，远处的一些飞瀑悬空如同一匹匹白练，挂在了绿色缎子为背景的山体上，那崇山峻岭处处显现了奇秀美好和神秘庄严。

印江的印象大概如此，梵净山下，印江小城被清澈的河水所环绕，群山高处的梵净山，又一个充满了人气和灵气的地方。

白马湖畔的春晖中学

　　浙江上虞市是一片十分灵秀的土地，在上虞待了几天，我印象最深的就是白马湖畔的春晖中学了。而且，甚至还存在一个"白马湖文化现象"，究竟是怎么回事？

　　从市区出发去白马湖的路上，不断地有起伏的丘陵在延伸。青翠的山林，十分养眼。很快，我们就来到了白马湖畔的春晖中学。

　　这是一所有着接近百年历史的著名中学，有一个说法，说是"北有南开，南有春晖"，北方最为有名的就是天津的南开中学，南方最为有名的就是这所春晖中学了。怎么一所中学就能够有这么大的声名？带着这个疑问，我们来到了春晖中学。

　　在学校的门口，可以看见有很多私家车停靠在学校门口，是家长等着接孩子呢。这些私家车的车牌号有杭州的还有上海的，可见在这所学校里学习的学生，来源非常丰富，而且，从这些来接学生的私家车就可以判断出来，肯定很多学生的家庭都很殷实。这是一个周六，学生们还需要上半天的课，然后，很快，学生就放假了，他们看上去朝气蓬勃，青春年少，意气风发。一下子，学校里面充满了生气。

由一位年轻的校长带领，我们先参观了学校的荣誉室和校史，我看到了这所学校确实是名不虚传的。很多在中国现代史和当代史上有名的人文学者、科学家、教授，还有很多的博士和作家，也都出自这个学校，他们给这个学校带来了巨大的声誉。其中，青年作家艾伟也是这个学校里面出来的。

我们出了荣誉室，沿着通向学校后门的道路走去。走过了一座小拱桥，沿着一条清澈的小河边的小路，我们来到了学校后面的地方。

就在小路的边上，有一些白墙黑瓦的屋子，连排在那里，而这些房子，在上个世纪 20 年代前后，是很多文化大师的居住场所，他们是弘一法师李叔同、丰子恺、朱自清、夏丏尊、朱光潜等人当年在这所学校里教学的时候，居住的地方。此外，还有一批著名的学者也在这里短期地讲学过，一时间这里真是人文荟萃。正是这些在中国现代文化史上占有重要地位的人物，形成了独特的"白马湖文化"，并且瓜瓞延绵，一直泽被后学到今天，始终贯穿着。

夏丏尊的房子叫作"平屋"，他在日本留过学，所以，他的房子是按照日本人的居所风格设计的，朴实内敛。院子里现在还有一棵他当年亲自种植的杨梅树。就是在这个院子里，他秉烛夜读，翻译了名著《爱的教育》。

靠近夏丏尊的房子，就是朱自清的住宅了。他 1924 年在这里教书育人，还写下了大量的文章。在屋子的前面，就是白马湖水，一片平静的湖面上，有几条乌篷船停在湖面上，似乎穿越了历史的云烟，从那个时代开始就一直停靠在那里的。

李叔同的房子叫作"晚晴山庄"，是依山势而建的房子，1929 年他为了躲避对僧道的迫害，来到了这里，就在这里参禅悟道，屋子里有一些他的照片，这些照片大都模糊了，但是，弘一法师的故事，仍旧在这里流传。他一定经常在这个位于山脚下的屋子里，看着夕阳在白马湖上洒下金色的光辉，并且渐渐地消失在黑暗里。

丰子恺的房子叫作"小杨柳屋"，他的房间非常有生机，似乎当年他亲手种植的一些植物还在那里，几间屋子里，都显示出了不同于一般人的那种趣味。就是在这里，丰子恺画了大量的护生画集里面的充满了童趣的作品。

正是这些大学者，在时代的动荡中来到了这里，在这里教书育人，把他们非凡的人文创造和文化经验，传授给了学生们，学生们有福了。本来都是给大学生讲课的大家们，来给中学生上课，你就可想而知，这里的学生会多么的高兴，他们会得到什么样的教育。当时，正是中国现代史最为激荡的时刻，北京的五四新文化运动的风潮，也一定波及到了这片宁静的地方，在这里，文化大师们在短暂的时间里，创造出来了一片实验新式教育的新天地，新式思想的新空间。而他们在一个特定的时空里创造出来的特定的文化，就是这里的"白马湖文化"。这个文化的精神，我想就是不为任何时局的动荡所影响，努力地追求和创造人文的恒久价值吧。

在这些文化大师的旧宅里转了半天，我们又来到了白马湖边的一座船上吃全鱼宴。都是从白马湖里面捞出来的或者是网箱养的鱼，这些淡水鱼非常好吃，透过船上的窗户，看见远处一抹黛色的山丘，山丘下，就是波澜不惊的湖水，和湖畔的春晖中学，湖山凝重，确实是一个读书的好地方。

衢州小记

衢州衢州，通衢之州，这里几省交界，因为过去主要靠水路和陆路交通，在古代一定是一个交通发达四通八达的地方，但是在今天，交通方式变化了，由于航运、铁路和高速路的主导下，一些古代的交通要地就会丧失其地位，衢州看来就是这样的。在浙江省的版图上，衢州这个地方，已经算是有些偏僻了，它位于浙江省的西南面，和江西挨着，经济上不算发达，我们在那里转了几天，觉得这里虽然从经济上看，区位优势不大，但比起很多内陆省份的发达地区，还算是好的，而且人气很旺，无论官员和老百姓，似乎干劲都很足，很有朝气。

从风景上讲，衢州完全可以说是山川秀美，而且，这里的历史人文地理资源也相当的丰厚，可看可写的地方很多，算是人杰地灵。衢州是一座古城，还残存着古老的一些城墙的城门，异常的坚固，据说当年石达开和后来的日本人都攻打过衢州，但是都没有成功。

离开衢州几个月，回头再看，我觉得印象最深的有几个点。其一是衢州辣兔头。我好吃，每到一个地方，首先喜欢吃当地的特点饭菜，浙江省份的饮食口味，一般都是偏甜偏淡，但是我没有想到，这里的菜肴口味很重而且很辣，很对我的胃口。显见这是因为靠近江西的原因。而且，辣兔头是这里一道家常名菜，很好吃，兔头似乎被酱爆过，烧得很烂，入嘴一吸，就化了，骨头就已经酥了散了，兔头各个部位的肉就全分离开，浓郁地漾在嘴里，慢慢地吐出骨头，慢慢地细嚼兔头肉，那种滋味非常香，而且还是一种香辣。不知不觉，你就会一口气吃下三五个兔头来。我是一边吃一边被辣得骂娘，大汗淋漓，觉得特别过瘾。

山是江郎山。但是这个江郎和成语"江郎才尽"没有什么关系，江郎山十分奇崛，平地里升起三座十分陡峭高峻的山峰，彼此互相依峙，隐现在云雾之中。上江郎山需要乘车到半山腰，然后拾阶而上，在江郎山三个山峰之间，有着一条十分狭窄的山缝，可以继续沿着山缝中间的台阶攀登，这山缝就是由两座山峰分离开来构成的，往上面看，两边的峭壁高达一百多米，十分光滑，只有一些青苔分布在悬崖上。一线青色的天空在头顶十分遥远。人从台阶上拾阶而上，身体周围凉风习习，十分爽快，登山的劳顿顿时化作了一种漫步。等到登临半山腰，这里有一个休息的空地，可以看见有一条完全从石壁上开凿出来的蛇行小道，盘旋在另外一座最高的山峰的腰上，蜿蜒而上，抵达峰顶，十分险峻。但是当地人却背着背篓，轻松地爬上爬下，令人十分的佩服。我们考虑了半天，还是没有去攀登这个险峻的山峰。

此外，衢州的龙游县还有一个石窟群，其实照我看来是一个石室群，是人工开凿的，在一条江边上，十分秘密地分布在一处不高的丘陵上。石室有几十个，彼此相隔不远，这个石室群是当地的一个农民偶然发现的，他花钱租用了抽水机，抽了很长时间的水，才发现了其中一个石室，可是里面没有他期望的金银财宝。后来当地政府觉得这是一个宝贵的文物旅游资源，就接着开发了。我们参观了几个石室，这些石室规模很大，单个面积和北京音乐厅差不多，里面还有水池。几乎所有的人，包括那些来勘察过的地质学家和文物学家，都无法说清楚这个石窟或者石室群的成因，以及用途，也没有关于石室的任何记载。有几种说法，我个人比较倾向于，这个石室群是用于军事的目的，因为显然只有政府才能搞这么大的工程，是越王勾践卧薪尝胆，训练军队的地方。后来越王勾践卧薪尝胆十年，终于打败吴国国王，一洗耻辱，这个石室群显然起了很大的作用。旁边的一条河，正是可以迅速起兵顺流而下的水路要道。这个石室群特别值得一看。当然，当地政府想要和人家龙门石窟联系上，把这个石室群叫作了"龙游石窟"。

同行做我们的向导的，是当地人大的一位负责人，姜宁馨先生，他儒雅温厚，温润平和，出身于书香世家，父亲是当年的国民党高级将领，祖父在北京筹资办过大学。他是一位民主人士，当过多年的中学老师，年过半百，但是身形矫健，不知疲倦地带着我们这些远游客，跋山涉水，可以想见，他对自己家乡有着一种极端的热爱。很多山民对他很熟悉，因为这里荒僻的地方，他不知道一个人已经梳理过多少回了，见到他纷纷亲热地和他打招呼。我很少见到这样的人，对自己家乡风景如此的热爱，到了如数家珍的地步。而且，江郎山那看着让人发抖的盘山道，他完全是如履平地，真是让我汗颜。这是衢州文化精灵般的人物。

此外，像是围棋胜地烂柯山，以及和福建交界处的一个保存尚且完好的古村落，都是可以去看看的，就不及备述了。

中国当代文学

ISBN 978-7-5596-7801-0

9 787559 678010 >

定价: 65.00 元